新潮文庫

新潮社版

11731

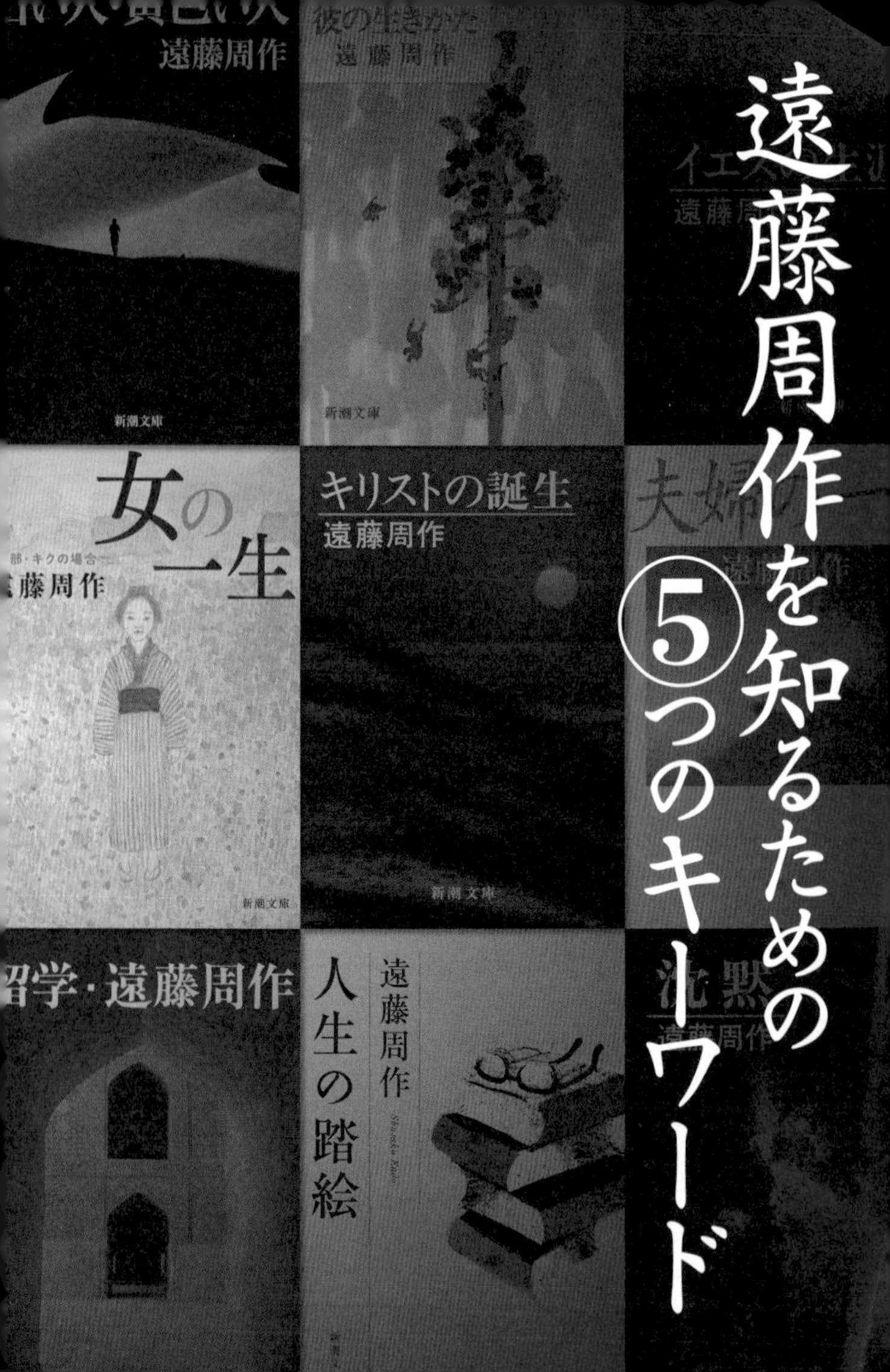
遠藤周作を知るための5つのキーワード
彼の生きかた
遠藤周作
新潮文庫
イエスの生涯
遠藤周作
女の一生
部・キクの場合
遠藤周作
新潮文庫
キリストの誕生
遠藤周作
新潮文庫
夫婦
遠藤周作
留学・遠藤周作
遠藤周作
人生の踏絵
沈黙
遠藤周作

日本人とキリスト教信仰という重いテーマを追究する一方、
ユーモア小説や軽妙なエッセイで多くの読者に愛された遠藤周作。
人の驕りを憎み、常に弱者に寄り添い続けた
国民的作家を深く知るための、5つのキーワード。

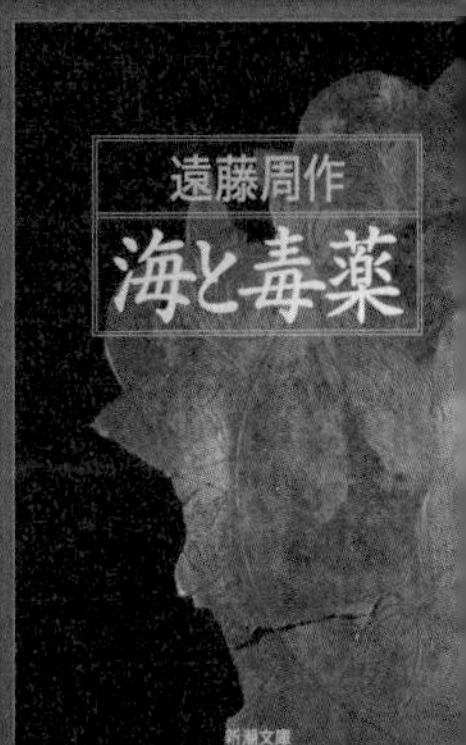

キーワード ①

キリスト教の信者として

12歳で洗礼を受けた遠藤周作。洗礼名はポール（パウロ）である。
この受洗は、自分の意志とは異なり、
ただ母を喜ばせるために母の意に従う形での受洗であった。
教会に対して違和感を持ち、
信仰に実感が持てず苦しむなか、
自分なりのキリスト像を作り上げていく。

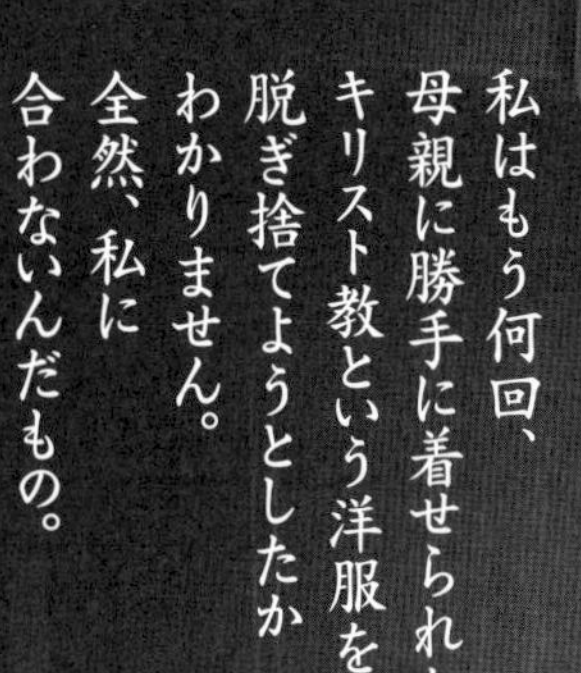

私はもう何回、
母親に勝手に着せられた
キリスト教という洋服を
脱ぎ捨てようとしたか
わかりません。
全然、私に
合わないんだもの。

——『人生の踏絵』

仙台市青葉区広瀬川の橋の袂にある
キリシタン殉教碑の前で

踏むがいい。
私はお前たちに
踏まれるため、
この世に生れ、
お前たちの
痛さを分つため
十字架を
背負ったのだ。

——『沈黙』

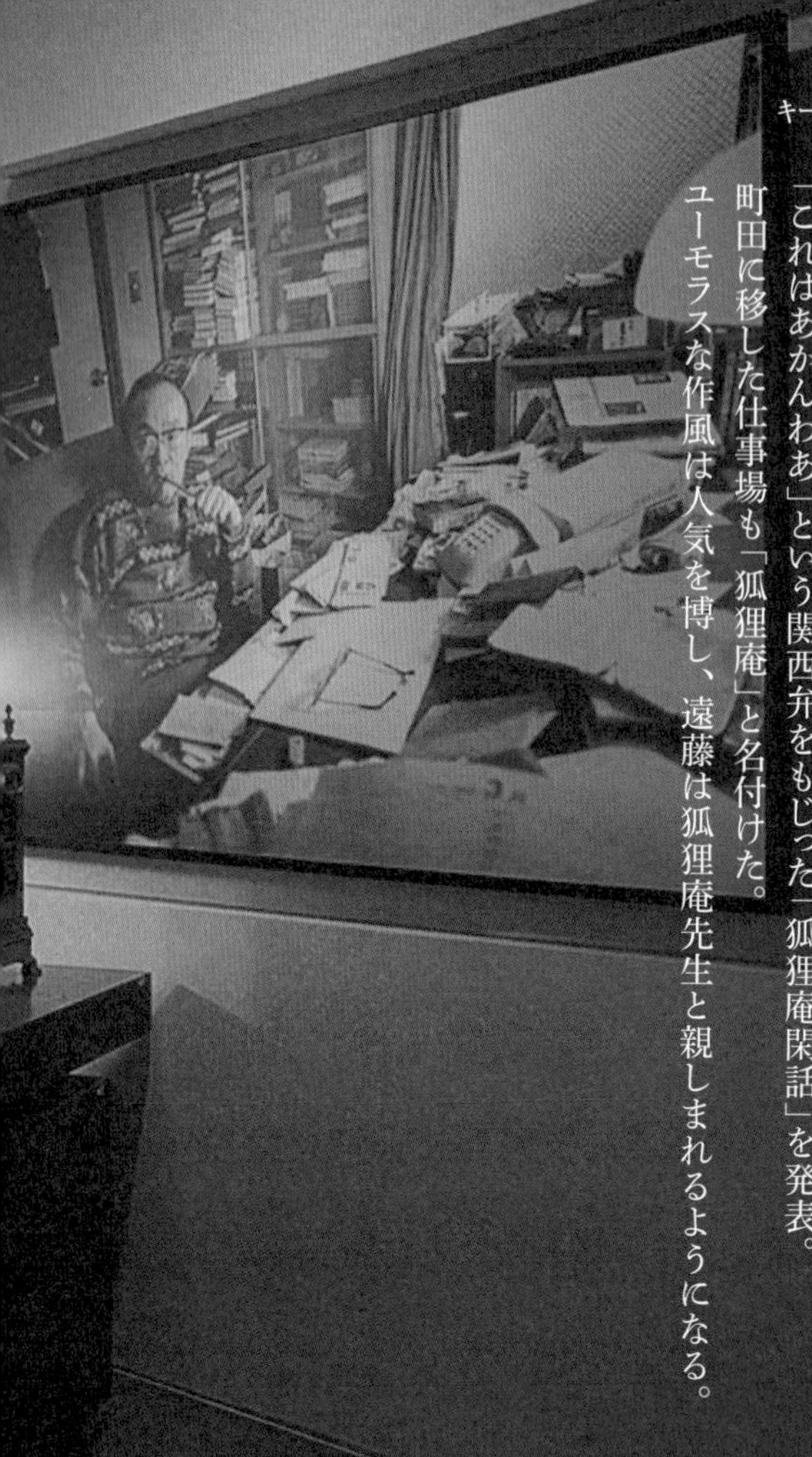

キーワード

②狐狸庵先生

雑誌にエッセイを頼まれた遠藤は、謙遜の気持ちをこめて、「これはあかんわあ」という関西弁をもじった「狐狸庵閑話」を発表。町田に移した仕事場も「狐狸庵」と名付けた。ユーモラスな作風は人気を博し、遠藤は狐狸庵先生と親しまれるようになる。

私は三年に一度ぐらいの割合で
堅くるしい小説を書くので、
それが発表されたあと、
読者から私が、世界、人生に
悩みぬいたようなイメージを
抱かれるのではないかと思うと、
たまらなく嫌である。

――『ぐうたら人間学　狐狸庵閑話』

狐狸庵山人になりきる

キーワード ③

歴史に斬り込む

晩年の遠藤は、戦国・江戸時代を背景とした歴史小説を書くことに熱中した。歴史の形をとりながらも、信仰と現実との軋轢や矛盾に揺れる人の心を描き、日本人とキリスト教の問題について追究し続けた。

「実はな、
内密ではあるが、
お前と南蛮の国に参った
あの長谷倉と
西と申すものは、
切支丹ゆえ、
お仕置きとなったぞ」

——『侍』

『侍』のモデルとなった支倉常長の墓の前で

自宅の書斎で資料を読む

キーワード ④

違いがわかる男

「ネスカフェ
ゴールドブレンド」のCMで
「違いがわかる男」として
人気を博した遠藤は、
実生活でも好奇心旺盛で、
素人劇団「樹座」や
素人囲碁集団
「宇宙棋院」を設立する。

違いがわかる男のCMより。狐狸庵先生の人気を決定づけた

社交ダンスに熱中した

次から次へと珍しい動物を飼った

お爺さんでもお婆さんでもかまわない。
私のように戦中派の世代は、若い頃、何も習えず、
音楽も知らず、リズム感もなく、
そのため、いつも引っ込み思案の癖がついている。
そういう世代がもし私たちの「樹座」に参加してくれたら、
おたがい、大変楽しいと思うのだ。
——『ウスバかげろう日記　狐狸庵ぶらぶら節』

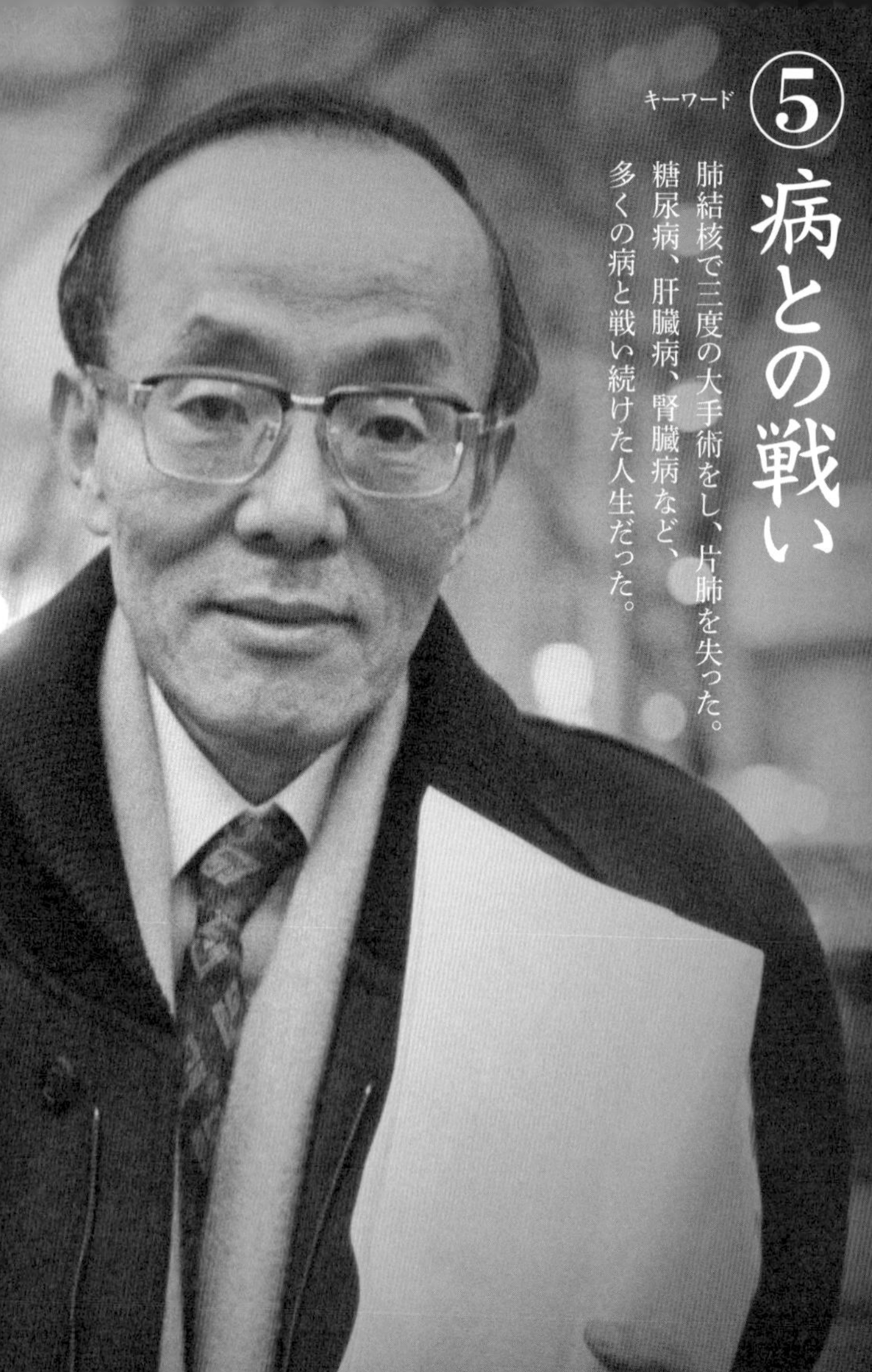

キーワード⑤

病との戦い

肺結核で三度の大手術をし、片肺を失った。糖尿病、肝臓病、腎臓病など、多くの病と戦い続けた人生だった。

ひとつの病院が
苦しんでいる病人の肉体だけでなく、
その心の辛さにも手をさしのべようと
努力しているのと、
ただ肉体の治療だけが
すべてと思っているのでは
大きな次元の差があるのです。

――「患者からのささやかな願い」（読売新聞）

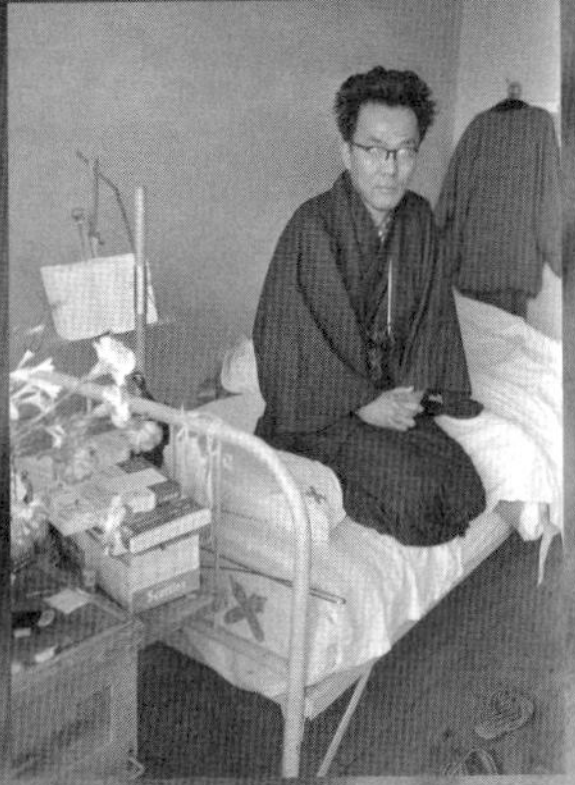

1961年、入院中の病室のベッドに座る

長い病床にある人は、
気持が暗くても
暗くなっていては
どうにもならぬ。
まず笑ってみるのだ。
何もなくても笑うマネを
してみるのである。

――『よく学び、よく遊び』

還暦のパーティで元気な姿を見せる

文豪ナビ 遠藤周作 目次

巻頭グラビア

遠藤周作を知るための⑤つのキーワード

ジャンル別! 遠藤周作作品ナビ

「沈黙」より

踏絵を踏む
足も痛い

遠藤周作

ジャンル別！

遠藤周作作品ナビ

キリスト教の信者として自らのキリスト像を確立し、作品を描いた遠藤周作。西洋におけるキリスト像とは違い、遠藤の描くキリスト像は常に弱者に寄り添い、痛みを共にする母なる存在でした。

一方で若い頃から病魔と闘い続けたことにより、多くの医療小説も手がけました。そして晩年には戦国・江戸時代を背景とした歴史小説を書くことに熱中しました。

この「作品ナビ」では遠藤周作の多彩な作品世界を理解するための五つのコースを用意しました。それぞれのジャンルの中から代表的な作品をピックアップして、その読みどころをご紹介します。

遠藤周作　おすすめ読書コース

キリスト教文学

イエスは強い存在ではない。圧倒的に弱い存在であった――。
「母なるキリスト」を描き、感動の涙が止まらない9作。

沈黙 ← イエスの生涯 ← 白い人・黄色い人 ← キリストの誕生 ―

沈黙
遠藤周作
新潮文庫

キリシタン禁制の厳しい日本に潜入したポルトガル人司祭ロドリゴは、日本人信徒たちに加えられる残忍な拷問と悲惨な殉教のうめき声に接して苦悩し、ついに背教の淵に立たされる。

←死海のほとり←夫婦の一日←影に対して　母をめぐる物語←母なるもの←深い河(ディープ・リバー)

遺作。
遠藤文学の集大成。

没後23年経ってから発見された作品。「人生」を燃焼させようとする烈しい母、「生活」を大事にする父。二人が離婚した時、幼い息子が強いられた選択は、やがて……。

遠藤周作
Shusaku Endo
影に対して
母をめぐる物語

新潮文庫

遠藤周作の代表作

『沈黙』（新潮文庫）

キリスト教が禁じられた江戸時代、キリシタン弾圧下にあって、ポルトガル司祭が日本人信者のために棄教を決意する物語です。拷問は凄惨を極めます。長崎の荒れた海中にはりつけにされたり、顔が汚物につかるよう逆さに吊られ、呻きながらじわじわと死んでゆく信者たち。司祭は何度もキリストに訴えます。罪なき信者たちがあなたのために迫害に耐えているのに、なぜあなたは沈黙したままなのですか、と。

みすぼらしく不潔な家に住み、粗末な食べものしか口にできない貧民たちにとって、キリストの教えは救いでした。「主よ。汝の作り給うたものはすべて善し。汝の住み家はかくも美しい」そう唱えてきたというのに。

最大の罪は神にたいする絶望です。それでも彼にはキリストの沈黙が理解できません。もしや神はいないのではないかとさえ疑います。祈りとは、あなたを賛美するためにあると信じてきたが、今やまるで呪詛のようだと司祭は思います。

彼を裏切るキチジローという男がいます。勇気がなく臆病で弱虫なために卑劣ともいえる手段で身を守る男です。信仰が人を卑怯者にするはずがないと思いながらも、やがて司祭は心中で彼を罵るに至ります。彼のような弱い者を棄てないことが愛だとわかっていても、自分を恥じながらも、許すことができません。

長く日本で布教に努め、すでに棄教した神父は、日本人にキリスト教は根づかないと司祭に告げます。彼らは我々の神を、彼ら流に屈折させ変化させ、別のものを作り、それを信じはじめたのだ、と。日本人はこれまで「神の概念はもたなかったし、これからももてないだろう」。

必死に祈っても、神はいつまでたっても何も仰いません。何もしません。祈りは、信者の苦しみを和らげはしません。もしキリストが同じ立場にあったら、信者たちのために棄教しただろう、と神父は言います。「愛のために。自分のすべてを犠牲にしても」

ついに踏絵を踏む司祭に、キリストは言いました。「踏むがいい。私はお前たちに踏まれるため、この世に生れ、お前たちの痛さを分つため十字架を背負ったのだ」

踏絵を踏むという、神父の本来あるべからざる行為は、実際には多数の信者を救いました。教徒としての正しさよりも、彼は信者たちの命を選びました。裏切り者として生きる勇気、くじいた自分と信者たちを受け入れる覚悟は、弱きものと共にあったキリストの愛に通じるのではないでしょうか。彼は美しいものや善いもののために死んだのではなく、みじめなものや腐敗したもののたちのために死んだのです。「主はいつでも自分の運命をどんな人間たちにも委（まか）せられた」のですから。

キリスト教の本質を知るための一冊

『イエスの生涯』（新潮文庫）

『死海のほとり』の創作ノートの一部でもあったという本作で、遠藤氏は「日本人につかめるイエス像」を描き出そうと試みます。

イエスの復活は果たして歴史的事実なのか。様々な記録に当たりながら、たとえそれが創作であっても、信仰する者たちにとっての真実には違いない、と氏は語ります。そしてイエスとは、「自分の悲しみや苦しみをわかち合い、共に泪（なみだ）をながしてくれる」母のような、「永遠の同伴者」であったのだと。

その死後もなお深く自らを支えるものとして、イエスを求めざるをえなかった人々。彼らに寄り添う氏の言葉の向こうに、苦難に満ちた生が想像されます。彼らと同じ信仰を持つ氏が真摯（しんし）に描こうとする、愛の存在としてのイエス。愛を描く言葉に愛がにじむのは必然でしょう。現代なりの苦難を生きる人間にとっても、求めてやまないものかもしれません。

人間の心に巣食う「悪」と「赦（ゆる）し」を描いた芥川賞受賞作
『白い人・黄色い人』（新潮文庫・講談社文芸文庫）

いずれも背景は第二次世界大戦時、遠藤文学に通底するテーマが凝縮された二編です。

「白い人」の主人公はフランス人の父とドイツ人の母を持ち、ゲシュタポに協力する母国の裏切り者です。放蕩（ほうとう）をつくし自分を愛さない父を憎み、厳格な清教徒である母が強いる禁欲主義に抵抗をおぼえます。彼はいかなる思想にも信仰にも無関心であり、全人類を責めさいなみたいサディスムの欲望を抱えています。敵と味方、聖と俗、有神と無神、彼の身の内は相反するものに引き裂かれているのです。

「黄色い人」の主人公は、幼少時にキリスト教の洗礼を受けながら信仰心を持ちません。彼はふかく疲れているのだといいます。動く意欲などないのに、ただそこにいるだけで、あたかも自然のなすがままに友人の許嫁（いいなずけ）とつうじ、知己の神父も裏切ります。それは彼が、神を知らず、生死も善悪も無感覚、無感動で、あいまいなまま生きていられる日本人だからなのでしょうか。

悪魔に憑（つ）かれたような彼らの告白はときに醜く、むごたらしい。けれどもそれらの言葉の、どこか冷めた、透徹した響きに、思わず知らず引き込まれてしまうのです。

無力な男はなぜキリストとなったのか

『キリストの誕生』（新潮文庫）

本作は『イエスの生涯』に続く作品と位置づけられます。前作で愛の存在として描かれたイエス。彼を捨てた弟子たちが、いかにしてイエスを神の子キリストとして信仰するに至ったかが描かれています。

人間は弱い、だからこそ信仰を持つのだと氏は言います。貧しさや病にあえぎ、信仰を理由に迫害される彼らは、イエスが自分たちと同じように迫害を受け、むごい死に方をしたことに「深い意味と慰め」を見出(みいだ)します。そして今耐えているこの苦しみは、イエスの再臨をもって報われるのだと信じます。苦しみから逃れる具体的な方策を持たない彼らは、信じることしかできないのです。

しかし待てど暮らせど、イエスは沈黙したまま、彼らの前に現れません。なぜなのか。彼らは苦しみますが、まさにこの苦悩こそが信仰のエネルギィなのだと氏は指摘します。「人生と世界について疑問と謎(なぞ)がなくなった瞬間」、宗教は衰弱と腐敗に落ちていくものだからです。

イエスが人々の心に与えた決定的な「X」。これがあればこそイエスは神格化されました。「不合理ゆえに我信ず」。人々の内面に復活し、再臨したイエス。彼の体現した「愛」は言葉で説明しつくせない、まさに不合理そのものです。人が救われるのは、不合理に触れたときだけなのかもしれません。

打ちのめされた魂を真に救うものは何か

『死海のほとり』(新潮文庫)

本作は『イエスの生涯』と表裏をなすものであると筆者が明らかにしています。

主人公は若いころに信仰を棄てようとした小説家です。

ふとしたことからエルサレムを訪れ、かつて神父をめざしたこともある学友とイエスを巡る旅に出ます。学友はかつて結婚に失敗し現在は独り身、聖書学者としてイスラエルに渡り、今は国連の仕事をして暮らしています。共に四十を過ぎ、「自分の人生に自分だけの意味を探らねばならぬ」と自覚しています。

二人が訪れた死海のほとりは「人間への愛とかやさしさが全くない」、黒い泥におおわれた荒野でした。この地でイエスが求めたのは「人間へのやさしさ」、つまり「愛」だったろうと学友は示唆(しさ)しますが、イエスの生涯をたどりながら彼が見せるのは、家族から見放され、最後は弟子に裏切られる、生活無能力者としての姿でした。

かつて同じ寮で一緒に生活していたユダヤ系の修道士が二人の話題に登ります。彼は収容所で虐殺されました。愛を説くイエスをいくら信じたところで、現実の世界で、愛は無力ではないか。それでも、イエスは彼らに付きまといます。棄てようとしても、イエスは彼らを生涯、棄てようとはしないのです。

二人で過ごしてきた時間が、この一日に凝縮される

『夫婦の一日』（新潮文庫）

老いを意識しはじめた人間には身につまされる短編集です。

クリスチャン夫婦の身辺を描く「夫婦の一日」で、不安にかられた妻は占師の指図により夫を吉方への旅に誘います。信仰を持ちながら迷信にまどう妻に呆然とする夫。しかしついには「これが人生だ」と、妻の意に沿うよう行動します。

「六十歳の男」は自身の老いの醜さを自覚し、十代少女の若さに嫉妬します。彼は「絶頂期の命の匂いを必死で吸いこもう」とし、あられもない欲望を夢のなかで果たします。滑稽なような、凄みのある描写は見事すぎてたじろぐほどです。

老いるとはまごうことなき死への旅であり、誰しも戸惑うものでしょう。「日本の聖女」でキリスト教の修道士は、「切支丹(キリシタン)はこの人生のさまざまな苦悩から逃げてはならないのだ。人生の苦悩のなかで傷つき生きぬくことが切支丹のありかただと思う」と語ります。死への旅路によき伴侶(はんりょ)となりうるのは、苦しみに耐える勇気と覚悟、そして神を信じる人の言葉なのかもしれません。

遠藤文学の鍵(かぎ)となる傑作

『影に対して　母をめぐる物語』（新潮文庫）

遠藤氏の母親にまつわる短編集です。

長らく未発表だった表題作は、氏の実人生が色濃く重なる作品です。「平凡が一番幸福だ」と手堅く生きる父と、求める音のために何時間も演奏を続けるヴァイオリン奏者の母。両親が離婚したあと父と共に暮らしながら、自分は母を棄てたのではないかと悩む息子。安楽を生きるようなつまらない人間になるな、自分しかできないと思うことを見つけろと叱咤する母に心を寄せながらも、自分のなかに、父のように無難な人生を歩こうとする性向も認めます。母を愛しながら重荷に感じ、父を憎みながらも逆らえない。主人公の正直な吐露は、つねに人間の、弱く複雑な本性と共にあろうとした遠藤氏の心情でもあるのかもしれません。

裏切り者や背教者、弱者や罪人にも救いはあるか？

『母なるもの』（新潮文庫）

日本におけるキリスト教とは何か。八編の短編を貫くテーマです。「母なるもの」の主人公は、キリスト教は、その父なる神の教えは、禁じられた後に長い歳月をかけて日本のかくれキリシタンたちのなかでいつか身につかぬすべてのものを棄てさりもっとも日本の宗教の本質的なものである、母への思慕に変ってしまったと語ります。

あの瘦せた哀れな男にとりつかれた「巡礼」の主人公は「アーメンの臭いのするものを棄てられぬのは、死んだ母の姿につながっていた」と語り、その男は決して自分のなかから出ていかないことを知っていました。

すべてを包み込む、広い愛の象徴のような母。一方で、包み込んだものをわが身の一部として、その自由を奪う存在にもなりかねないのが母ではないかとも感じます。母とは、ときに恐ろしい存在のようにも思われるのです。

本物の愛を問う遠藤文学の集大成

『深い河（ディープ・リバー）』（講談社文庫）

舞台はインドの仏跡ツアー。妻を亡くした男、誰も愛さない女、結核から生還した童話作家、戦場で極限状態を経験した元兵士が偶然集います。

ガンジス河で人々が洗濯し沐浴するそばを、犬や人間の死体が流れていきます。

「この聖なる河は、人間だけではなく、生きるものすべてを包みこんで運んでいく」

ここでは死も自然のひとつとして、誰もがこの光景を当然のように受け止めています。

妻を亡くした男は、愛情など自分の気持ちを表現するのが苦手でした。そんな彼は、自分は生まれ変わるから探してほしいという妻の最期(さいご)の言葉に導かれるようにインドを訪れました。妻が死んでも、彼女のすべてが消えるわけではないのです。人生のわからなさを、彼は受け入れたように見えます。

愛を知らないと自覚する女は、心の闇(やみ)を抱えています。「人生は自分の意思ではなく、眼にはみえぬ何かの力で動かされている」かのようにインドを訪れ、かつての同級生と再会します。キリスト教徒の家庭で育ちながら仏教やヒンズー教にも神の存在を見るこの男を、かつて女はからかい、神を棄てさせようとしましたが、神が自分を棄てないのだと彼は拒みました。ガンジスはどんな醜い人間もよごれた人間もすべて拒まず受け入れる愛の河だと彼は言います。ゴルゴタまで十字架を、人々の哀(かな)しみをその背に負ったイエスを真似(まね)て、彼は路上にうち捨てられた人々を背負い、ガンジス河まで運びます。母のぬくもりが示してくれた愛を、彼が唯一(ゆいいつ)信じる愛を、そうした行動で体現しようと努めるのです。

インドの女神チャームンダーは病苦、死、飢えなど、インド人の苦しみのすべてを表しています。ヨーロッパの聖母マリアとちがう、醜く老い果て、萎(しな)びた乳房で子供たちを養うインドの母です。

この女神に触れ、愛を知らない女は理知的で整然とした欧州よりも、生死も善悪も混然一体とあるインドに心惹かれます。ガンジスはヒンズー教徒のためだけではない、すべての人のための深い河だと思います。

愛ではなく、対立や諍いでより強く結ばれる世にあって、私たちはそれぞれに苦しみや孤独を密かに抱えています。深い河で浄化しなければならない何かを、誰もが抱えているのです。

遠藤周作　おすすめ読書コース

医療小説

20代後半、肺結核にかかりその後3度に亘る大手術を受けた遠藤は、片肺を失っている。長く続いた闘病生活から、医療に深い興味を抱くようになる。医療とは、命とは。衝撃の4作。

海と毒薬

→ 真昼の悪魔

戦争末期の恐るべき出来事――九州の大学付属病院における米軍捕虜の生体解剖事件を小説化。解剖に参加した者は単なる異常者だったのか？　どんな倫理的真空がこのような残虐行為に駆りたてたのか？　神なき日本人の〝罪の意識〟の不在の無気味さを描く。

← 満潮の時刻 ← 悲しみの歌

米兵捕虜の生体解剖事件で戦犯となった過去を持つ中年の開業医と、正義の旗印をかかげて彼を追いつめる若い新聞記者。表と裏のまったく違うエセ文化人や、無気力なぐうたら学生。そして、愛することしか知らない無類のお人好しガストン……華やかな大都会、東京新宿で人々は輪舞のようにからみ合う。

九州の大学付属病院における米軍捕虜の生体解剖事件を小説化

『海と毒薬』（新潮文庫・講談社文庫・角川文庫）

第二次世界大戦時、日本のとある病院で行われた米軍捕虜の生体解剖実験を題材にした作品です。実験という名の殺人に関わった医学生と看護師が、はからずも事件に巻き込まれていく様が描かれています。

当時の日本は、自然死によらず戦地や空襲で大勢が死んでいきました。元軍人が中国での戦争を「面白かった」とさらり口にし、「どうせ何をしたってあの暗い海のなかに誰もがひきずりこまれる時代」でした。

ここで取り上げられるのは、当時の日本人にかぎった罪ではなく、人種も国も時代も関係ない、普遍的な問題ではないでしょうか。直近の紛争や侵攻においても複数の戦争犯罪が伝えられています。

戦争は自国の利益のため、生体実験は医学の進歩、あるいは個々人の出世のために行われます。運命に流されるのを選ぶ、それも当人にとっての利なのでしょう。もしもそこに罪の意識があれば自己弁護に尽くし、上手な言い訳はときに知性と呼ばれます。目ざとく利を求める人類の本性はこれからも変わらないように思われます。

あなたも私も欲にまみれています。平凡な幸福がいいのだ、真善美をめざすのだ、それもまた欲です。だからでしょうか。家族を失い、子宮を失い、孤独にさいなまれる看護師の耳に届くあの海鳴りが、私の耳にも聞こえるのです。すべての命を飲み込み、闇と一体になった暗い海。その響きを耳にしない人間なぞ、古今東西、ただのひとりもいないでしょう。

医学生は、意気地がないためか、良心のためか、実験に手を下せません。使えない奴（やつ）、と冷笑されます。彼の不器用さに、人間のありかたとして慰めのようなものを感じつつ、はたして自分はどちらの側なのだろう、と考えずにはいられないのでした。

背徳的な恋愛に身を委ねる美貌の女医を描くミステリー

『真昼の悪魔』（新潮文庫）

若い美貌の女医は中学生のころから虚無感に苛まれ、何をしても満たされず、一度も誰かを愛したことがありません。鼠を握りつぶし、とある患者の子供が罪を犯すよう操り、患者の苦しみにも感情は動かず、そんな自分は狂っていないという自覚があります。何が本当に悪なのか、善なのか、彼女にはよくわからないのです。

彼女が通う教会の神父は言います。悪魔は埃のように、ひそかに人間の心に入る。悪とは愛のないこと。神を失った人間は、誰でも彼女と同じようになるのだ、と。

病院で重なる不可解な事故。不穏な空気漂うなかで虚と実は入り乱れ、悪が善を生むという皮肉さえ起こります。この病院も、女医のあり方も、そのまま現代社会の混乱そのままではないかと、この小説は問うているかのようです。

『沈黙』と並行して執筆された幻の長編

『満潮（みちしお）の時刻』（新潮文庫）

本作の主人公は結核の再発した四十代の男です。戦後まもないこの時代に、結核は死を覚悟する病でした。彼は戦場へ行かなかったものの、病床で生死の淵（ふち）をさまようことになります。それまで忘れていた過去をよみがえらせ、人生を生きなおします。窓の外を吹く風、工場の煙、壁の染（し）み、「生活の中では無意味な価値のない事物がそこでは一つ一つ、大きな重さを持っていた」。

人はなぜ生きるのか、健康な時には見過ごしていたありきたりな事物から問いかけられているのを彼は感じ取ります。もちろん答えは人間の側には用意されていません。私たちは謎そのものだからです。それでも問わずにはいられない人間に、小動物や、磔（はりつけ）にされたキリストの眼差（まなざ）しが向けられます。彼はその眼差しを「ある者は歴史となづけ、別の人は神と名づけるだろう」と捉（とら）えます。彼はその眼差しに「愛」を感じ、更にそれ以上の何かをも感じ取ろうとするのです。

巨大な謎は私たちの身辺に潜み、日常のすぐそばにあります。私たちは、共に謎を生きる仲間どうしといえるのではないでしょうか。

華やかな大都会・新宿で男は罪と向き合う
『悲しみの歌』（新潮文庫）

本作は『海と毒薬』の続編に位置づけられています。主人公は前作で生体実験に参加した医師、三十年後の彼は新宿で開業し、訳ありの女たちの堕胎に手を貸しています。かつての戦争などなかったように毎夜浮かれ騒ぐ街で、医師は過去の罪に再び向き合うことになります。

遠藤作品ではたびたび、人間はなんと弱いものかと思い知らされます。弱いからこそ、救いが、愛が必要なのだ、という筆者の声も聞こえてきます。自らの弱さに飲み込まれたかに見えるこの医師の、健気（けなげ）さと、勇気とをみとめたいのです。彼と同じく、みずからも弱い存在として。

遠藤周作 おすすめ読書コース

歴史小説

晩年の遠藤は歴史小説を書くことに熱中した。それぞれの時代の日本人にとって、キリスト教とは何であったかを問うと共に、人間愛も描いた。人間の強さに涙が止まらない、感涙の5作。

侍

慶長遣欧使節団を率いた支倉常長をモデルとする。藩主の命によりローマ法王への親書を携えて、「侍」は海を渡った。

女の一生 一部・キクの場合

「浦上四番崩れ」をモチーフとする。激動の嵐が吹きあれる幕末から明治の長崎を舞台に、切支丹弾圧の史実にそいながら、信仰のために流刑になった若者にひたむきな想いを寄せる女の短くも清らかな一生を描く。

女の一生 二部・サチ子の場合

第二次世界大戦下の長崎で、互いに好意を抱きあうサチ子と修平。しかし、戦争の荒波は二人の愛を無残にも引き裂いていく。修平は聖書の教えと武器をとって人を殺さなくてはならないことへの矛盾に苦しみつつ、特攻隊員として出撃する。そして、サチ子の住む長崎は原爆にみまわれる。

王妃マリー・アントワネット（上・下）

美貌、富、権力。全てを手に入れた女。ヴェルサイユ宮殿を舞台に繰り広げられる、壮大な歴史ロマン。

王国への道

藩主の命によりローマ法王への親書を携えて、「侍」は海を渡った

『侍』（新潮文庫）

江戸時代、外国との交易のため、藩の命を受けて侍は使節として出国します。ローマに迫られ、侍たちはお家のため、お役目のためと、心ならずも洗礼を受けます。十字架にかけられた男を崇めたところで、自分たちの暮しが楽になったと思えないのに。彼らの長い旅のあいだに、日本はキリシタン禁制に踏みきります。外国との通商も捨てたということであり、侍たちの役目も旅もたちまち無意味となりました。

帰国後、彼らの帰依は咎められます。ひととひととの間は冷たく、むごいものです。侍たちに同伴した神父はこう言います。

日本人は一人で生きていない。彼の背後には村が、家が、先祖がいる。それらは生命のように強く結びついており、彼はそれらすべてを背負った総体なのだ。これはたんなる祖先崇拝ではなく、強い信仰である。

いかにも侍は総体として生き、総体として死ぬことになります。信仰のある人間は、

最後まで神と共にあると信じられますが、真には帰依していない彼の最期は犬死となるのでしょうか。

現代の日本人は、総体としての死をもはや経験しないようでいて、実のところ、あいかわらずしがらみに絡められながら生かされてはいないかと、考えるのでした。

「浦上四番崩れ」をモチーフにした少女の清らかな恋
『女の一生　一部・キクの場合』（新潮文庫）

時は幕末から明治、筆者の愛着深い長崎を舞台に、弾圧を受けるキリスト教信者の青年を想う女キクの物語です。キクは信者ではありませんが、青年がマリアを敬うように一途に、彼を助けようと我が身をよごします。彼との再会叶わず、彼女は血を吐きながらその短い命を閉じます。

むごたらしい人生のようですが、キクの清らかさ、強さ、愛の深さは聖女の名にふさわしく見えます。教徒でもない彼女こそが。自らの命に代えてでも愛する人に尽くす彼女は、誰よりも幸福であったと思いたい（「あなたはわたくしの子と同じように愛のためにこの世に生きたのですもの」）。

残酷な因果はあれど、彼女を愛した人たちの幸福もまた、彼女の徳にあやかり祈らずにはいられないのです。

第二次世界大戦下の長崎を生きた女性の一生

『女の一生　二部・サチ子の場合』（新潮文庫）

二部の主人公サチ子はキクの身内に当たります。舞台は第二次世界大戦中の長崎、サチ子はキリスト教信者です。彼女の恋する幼馴染（おさななじみ）も信者であり、「人を殺すなかれ」という聖書の教えに葛藤（かっとう）しつつ、特攻隊として出撃します。彼らの苦悩と呼応するように、アウシュビッツで人のために命を捧（ささ）げる神父の物語も交差します。戦火にあって軽すぎる人命、長崎の空に落ちる原爆。宗教は、神の存在は、いかように人を救うのでしょうか。

一部の主人公キクと同じく、過酷な運命に耐える彼らの姿はあまりに美しく、苦しみぬかねば人間のこの崇高な美は生まれえないのかと、今日の平和を嚙みしめつつ、やるせない思いにも囚われるのです。

美貌、富、権力。全てを手に入れた女

『王妃マリー・アントワネット（上・下）』（新潮文庫）

フランス最後の王妃が十四歳でオーストリアから嫁ぎ、ギロチンにかけられるまでの物語です。

首飾り事件などの史実もたどりつつ、もうひとりのヒロインに配された架空の娼婦を通して、フランス革命に関わる市民の息吹が伝えられます。

豪華な宮殿で暮らす王妃と、貧しい娼婦。境遇は違えど運命にもみくちゃにされながら奮闘するふたりの女のなんと凜々しいことか。結末は知っているのに、ハラハラしながら次のページを繰ってしまう。歴史小説の醍醐味を味わえる作品です。

シャムで活躍した山田長政

『王国への道』（新潮文庫）

江戸時代、日本を出た二人の男がいました。立身出世を願いタイのアユタヤで傭兵隊長となった山田長政と、禁教令のため国外追放を受けた切支丹のペドロ岐部です。

山田は陰謀うごめくアユタヤ王宮で術策をめぐらし着々と昇進します。ヨーロッパで神父になるべく研鑽を積み、いずれ帰国して切支丹のために戦うつもりの岐部。前者は地上の王国を、後者は天上の王国を目指します。

山田よりも広い世界を知る岐部は、「小さか人間のつまらん立身、出世など、はかのうて信ずる気になれぬわ」と言います。山田は笑っていなしますが、自分を信じ新しい世界へ羽ばたく生き方は二人とも似ています。

二人の熱血漢がくりだす冒険活劇、興奮必至です。

遠藤周作　おすすめ読書コース

青春小説

両親の不仲、言葉の通じぬフランスへの留学……。
遠藤の青春時代は忍耐の連続だった。
悲しみの十字架を背負った若者を描く3作。

留学

時代を異にして留学した三人の学生が、ヨーロッパ文明の壁に挑みながらも精神的風土の絶対的相違によって挫折してゆく姿を描く。

彼の生きかた → 砂の城

彼の生きかた

〈俺は人間の世界が嫌や。言葉も不自由やし……俺もお前たちの中に入りたいわ〉 吃音で気が弱いために人とうまく接することができず、人間よりも動物を愛した福本一平は、野生の日本猿の調査に一身を捧げる決意をする。

砂の城

青春の浜辺で若者が砂の城を築こうとする。押し寄せる波がそれを砕き、流してゆく……。西は過激派グループに入って射殺され、トシは詐欺漢に身を捧げて刑務所に送られた。しかしふたりとも美しいものを求めて懸命に生きたのだ——。

ヨーロッパ文明に挑み、挫折する青年たち

『留学』（新潮文庫）

異なる時代に欧州へ留学した、三人の若者たちをそれぞれ主人公にした三篇からなる作品です。

幸運な機会に恵まれながら、三人が一様に経験するのは挫折です。東洋人である自分は、かの地の人間に決して理解されないし、彼らの文化を理解することもできないという、挫折。同じ日本人同士であっても連帯は叶わないという失望も味わいます。

現代の人間からすると、なぜ「九官鳥である悲しさや辛さで生きて」いかなくてはならないのか、素朴な疑問も湧いてきます。自分たちと彼らの差異や隔たりに劣等感をもたなければならなかった、当時ならではの事情もあるのでしょう。敗戦の影響の大きさを思い知らされます。戦争に負けたことがつまり、自らの文化の敗北でもあると無意識に捉えかねない時代にあって、彼らの苦悩は想像を絶するほど深くならざるをえなかったのかもしれません。

吃音(きつおん)のため人とうまく接することができない男の純朴な生きかた

『彼の生きかた』（新潮文庫）

実在する研究者をモデルに、日本猿の餌(え)づけに打ちこむ男の物語です。子供のころから吃音をからかわれ、念願の研究を始めるも熱心すぎて周囲から浮いてしまう彼は、人間よりも動物の仲間になりたいと願います。人間は猿よりも嫌な形で弱いものをいじめるからだと。不器用で、内気な彼のことをかつての幼馴染は「弱虫」となじったのでした。ケチで、会社に逆らえない夫を軽蔑(けいべつ)する彼女もまた、戦後の価値観に縛られた多くの女たちと同様、思うように生きられません。

猿の社会もまた、縄張り争いだけでなく、人間に駆除される可能性もあり、厳しいことに変わりありません。主人公は猿たちを守るために立ち上がります。猿と付き合うなかで、彼らのものを奪わない、期待と信頼を裏切らない、などと誓いを立てる主人公の善良さに胸を打たれます。愛する人を思うあまり、彼女を奪えない純情にも。大事なもののために全身全霊を傾ける彼の後ろ姿に、幸あれと祈りたくなります。

憧(あこが)れは裏切られ、理想は傷つけられる
『砂の城』（新潮文庫）

主人公の女性は十六歳の時、亡くなった母が遺(のこ)した「美しいものと、けだかいものへの憧れだけは失わないでほしい」という言葉を受け取ります。生きるうえで、尊いものだから、と。

彼女の友人のひとりは過激派グループの一員としてハイジャック事件を起こし、もうひとりは愛する人のために罪を犯します。それぞれの信じる、善きこと、美しいもののために人生をかけたのです。

誰かの正義が誰かの悪になるこの世界で、万人にとっての真善美は存在しえないのでしょうか？　この世に生きる者の、永遠の課題なのかもしれません。

遠藤周作 おすすめ読書コース

エッセイ、講演録

私たちはもっと、自分を愛すべきである——。
明るくユーモラスな語り口で、
キリスト教や自作を語る講演録と、
執筆後半世紀を経て発見された幻の原稿。

人生の踏絵

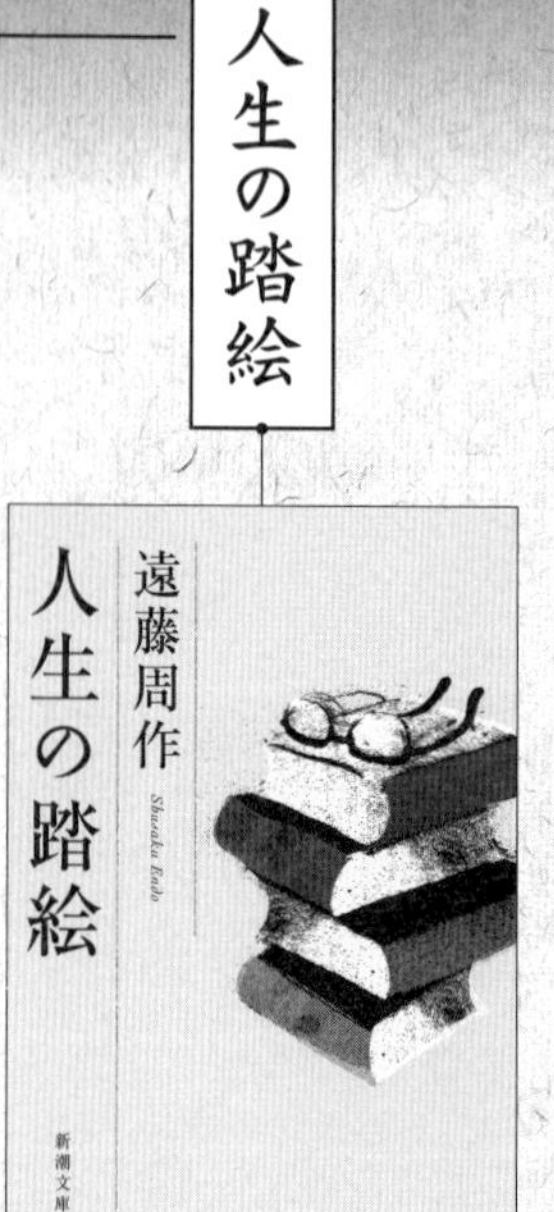

もっと、人生を強く抱きしめなさい——。私たち一人ひとりが、それぞれの〈踏絵〉を持って生きている。キリスト教禁教の時代に踏絵に足をかけ、誰に語られることもなく歴史の中へ葬り去られた弱き人々に声を与え、その存在を甦らせた不朽の名作『沈黙』の創作秘話をはじめ、海外小説から読み解く文学と宗教、愛と憐れみ、そして人生の機微と奥深さを縦横に語った、時代を超える名講演録。

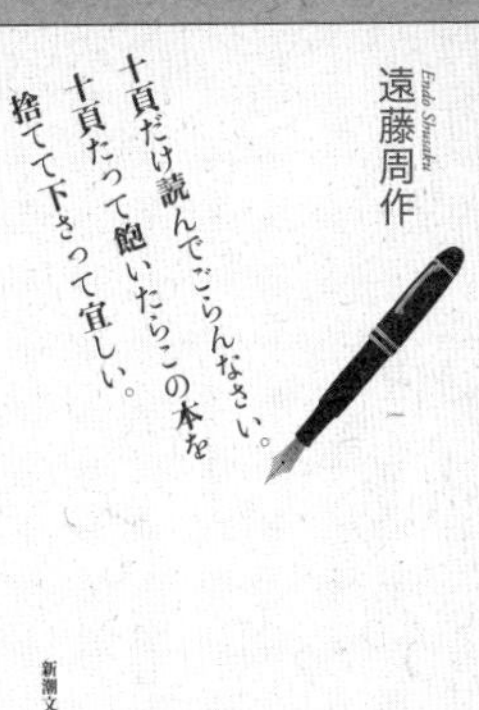

十頁だけ読んでごらんなさい。十頁たって飽いたらこの本を捨てて下さって宜しい。

Endo Shusaku
遠藤周作

十頁だけ読んでごらんなさい。
十頁たって飽いたらこの本を
捨てて下さって宜しい。

新潮文庫

好きと打ち明けたい。デートに誘いたい。病気の人を見舞いたい。身内を亡くした人にお悔やみを伝えたい。そんな時、どうしたら自分の気持ちを率直に伝えて、相手の心を動かす手紙を書くことができるのか——。大作家が、多くの例文を挙げて説き明かす「心に届く」手紙の秘訣は、メールを書く時にもきっと役立つ。

文学と宗教、人生の機微と奥深さを語る名講演録

『人生の踏絵』（新潮文庫）

遠藤氏の、まさに肉声が聞こえてくるような講演録です。キリシタンの受けた凄惨な拷問、彼らの根幹を揺るがす踏絵といった重いテーマも、「僕なら女房の顔、踏みますけどね」と聴衆を笑わせながら、読者の人生と遠くかけ離れたものではないのだと語りかけます。彼らのように私たち一人ひとりにも、美しいと思うもの、大事なものがあるでしょう、と。

小説が生まれる背景とそこに込めた思い、氏ならではの海外小説の味わい方、宗教や愛について、広くて深い氏の文学世界をうかがい知ることができる一冊です。

相手の心を動かす文章とは何か
『十頁だけ読んでごらんなさい。十頁たって飽いたらこの本を捨てて下さって宜しい。』（新潮文庫）

遠藤氏が肺結核で再入院しているときに書かれた、手紙の書き方にまつわるエッセイです。見舞状、お悔み状、ラブレターなどの具体的な書き方を指南しています。メールを打つ際にも、言葉のやりとりという意味では同じですからきっと役立つことでしょう。

手紙は「相手の身になって」書くのが根本原則と説きます。辛い経験をしている相手には、その人が抱く孤独感を溶かすような手紙を書きましょう、その苦しみを分け合おうとするのがすぐれた手紙ですよ、と。

人の苦しみに寄り添う作品を多く書かれた氏ならではの、心あたたまるテクニック集です。

コラム

翻訳者から見た遠藤周作とその文学

ヴァン・C・ゲッセル

私はカリフォルニア州生れ、ユタ州育ちの人間である。十九歳、つまり物事をまだまだ理解するすべもない青二才の若者として、一九七〇年——ちょうど大阪で万博があった年に——はじめて日本の土を踏んだ。この未熟者は、傲慢（ごうまん）にも、キリスト教の宣教師として、二年間関西や四国で布教の活動をした。

その任務の期間が終わり、帰国した私は二年間苦労して習った日本語をなんらかの形で活（い）かしていきたいと思い、大学院で日本関係の勉強をしてみようと決心し、コロンビア大学の大学院に入学した。ひとつのきっかけは、遠藤周作の『沈黙』をウイリアム・ジョンストン神父の英訳で読んだことである。ロドリゴという宣教師が私と同じように日本で布教した外国人であったことから大変感動し、この作家の本を更に読みたいという欲望にかられたのだ。

コロンダ大学——いや！　コロンビア大学大学院一年生の時、遠藤周作の他の作品

（『口笛をふく時』など）を原文で読むようになり、一九七五年のある日、先生にファンレターを書こうと思いついた。あまりに高名な作家なので、返事が来るとはもちろん夢にも思っていなかったけれども、手紙には、将来いつか遠藤先生の小説を翻訳してみたいと勇気を出して書いた。

　すると一カ月も経（た）たないうちに、私のところに一通のエアメールが届いた。その送り主の住所は、東京都町田市の玉川学園。それを見て、私はしばらくあっけにとられたが、我に返り、早速そのエアメールの封を切った。遠藤先生独特の字を初めて目にし、その内容に驚愕（きょうがく）した。一部を抜粋してみると次の通りになる。

〈お返事が遅れたのは血圧が高くなって寝ていたからです。すみません。医者は酒とタバコをやめろと言いますがタバコはやめられません。第一、私は昔、肺の手術をして肺が一つしかない。肺の癌（がん）（キャンサー）は肺があるからなるのであって私のように人の半分しか肺のない人は人の1／2のパーセンテージで肺癌になる。だから人の二倍タバコをすってもいいのです。そう思いませんか。

　さて「口笛をふく時」はどうぞ翻訳してくださって結構です。うれしいと思います。日本に来たらぼくの家に遊びにきてください。

遠藤周作〉

この返事を読んで一番驚いたのは、日本の著名な作家が赤の他人どころか、平々凡々たる、箸(はし)にも棒にもかからない、アメリカのいち大学院生にスッと翻訳の許可を出してくれたということだった。私の一通の手紙だけで（それもカタコトの日本語で書かれた手紙だった）私にどれほどの日本語の読解力があるのか、また私が英訳した文章にどれぐらいの味があるのか、そんなことは遠藤先生にはさっぱり分からなかったはずなのに、どうしてそんなにたやすく許可を与えてくれたのか、今現在でも不思議に思っている。

ずっと後のことだが、遠藤先生は、ご自身が昔フランス語を勉強した時の苦労を思い出して、自分の小説を翻訳してくれている人からくる手紙に日本語のちょっとした間違いを見つけると、その訳者にどうしても親しみを感じてしまうと新聞に書いていた。私の手紙に非常に親しみを感じたことは間違いなさそうである。

初めて遠藤先生にお会いしたのは、かれこれ五十年近くも前のことである。ご招待を受けて六本木のある店で一緒に夕食をいただき、色々なお話をした。今でも鮮明に記憶に残っているのは、日本文学を研究している外国人たちはみんな孤立し、大変孤独を感じているという遠藤先生のご指摘だった。私はまだ二十四歳の大学院生で「研究」と言えるようなものを何も出していなかったが、その発言に大変感動したことは今でもはっきり記憶に残っている。

その言葉の底にあった思想を、当時の私が十分に理解したとは言えないが、その後の遠藤先生との様々な付き合いを通して、彼は人を孤独や悲しみの状態に放っておくことは到底できない人だとわかるようになった。つまり、その著作の中の人物だけではなく、先生の「周り」にいた実在の人たちを慰め、力づけ、励ましてくれるような人だった。言い換えれば、遠藤周作という作家は、人間の「同伴者」つまり人生の旅の道連れであるイエス・キリスト像をさまざまな形で描いたわけだが、実生活でも、他人を一人にするようなことは、大嫌いな人だったような気がする。それが子供の時の孤独や哀しみに基づいているのか、それとも人の立場に気を遣う本来の性格からくるものであるのか私には判断できないけれども、遠藤先生の人生や文学を知っている人ならば頷けるところがあるのではないだろうか。

私は博士号を取るための博士論文の対象に、いわゆる「第三の新人」から安岡章太郎、小島信夫、遠藤周作の三人の作家を選んだ。それを遠藤先生に言うと、どうしてそのような作家に興味を持っているのかと訊ねてきた。その世代の作者は辛い戦争体験を経て進駐軍時代をも経験して、作家たち自身を含めて戦後日本の男性の心情を推し量れば、やはり弱い人間の状態を書かざるを得なくなっているのではないかと応答した。それを聞いて遠藤先生は、

「アメリカ人の君が、どうしてそのような弱い人間に惹かれているのか。アメリカ人は大抵強い登場人物が好きだと聞いたけど」

と驚いたようだった。自分の性格の欠点を告白するしかないと思い、

「私も弱い人間だから、ああいうようなキャラクターに親しみを感じる」

と言ったら、遠藤先生はやはり閉口してしまったように見えた。

三人の作家が当時まだ存命だったので、遠藤先生を通して紹介していただこうと考えた。まず遠藤先生から小島信夫氏の電話番号を教えてもらい、小島先生に前もって私のことを説明してくれるようにお願いした。

教えられた電話番号を書き込んでいると、遠藤先生は電話口で、

「しかし、小島は怖いぞー」

と私を脅かすように付け加えた。

「え？　そんなに？」

と返事をしたら、今度は、

「いや、何も心配することない。ちょっと変わった人だけど、君が彼の文学に興味があると説明してやるから、大丈夫だ」

　安心して電話を切ろうとすると、また、

「しかし、小島は本当に怖いぞー」

　と言うではないか。もう一度、どういうところが怖いかと聞いたら、

「いや、大丈夫、大丈夫。根はいい人だから、心配しなくていいよ」

　と言っていた。しかし受話器を置く直前に、

「しかし、小島は怖いぞー」

　と何か幽霊のような声が聞こえた。

　勇気を出すのに少し時間はかかったが、遠藤先生に教えられた電話番号をまわした。しばらく鳴ってから出た気配がしたので、

「もしもし」

　と言ったが何の反応もない。改めて、

「もしもし、もしもし」

　と言っても、また沈黙。一分ほど経った頃、大変お年寄りのお婆（ばあ）さんらしき嗄（しわが）れた声が、

「ナンダ」

とだけ言った。

「あの……小島先生はいらっしゃいますでしょうか」

「ダレ⁉」

「あの……小島信夫先生はいらっしゃいますでしょうか」

「ダレ⁉」

三回同じことを繰り返して電話がガチャンと切れた。

ダイヤルを間違えたのだろうと考えてもう一度かけてみたら、全く同じお婆さんの声で全く同じセリフを言って電話が切れた。電話番号を聞きちがえたと思い、遠藤先生に再度、番号を聞いてみた。すると、

「ちょっと待って。調べてみる。……ああ、やはりあれは昔の番号だった。ごめん。現在のはこれ」

新しく教えられた番号を回してみると、小島信夫なる作家は確かに電話に出て、全然怖くない声で私と会う約束をしてくれた。

私はあまり賢い人間ではないから、ずっと後になるまで、遠藤先生の有名なイタズラだと気がつかなかった。

最初の英訳『口笛をふく時』

私が手がけた最初の英訳『口笛をふく時』がイギリスで刊行されたのは一九七九年。それから十五年ほど経った時、私は遠藤先生と対談をすることになった。対談の中で、遠藤先生は私にこう尋ねた。

「あなたがいちばんはじめに訳してくれたのが『口笛をふく時』でしたが、どうしてあんなの……、あんなもんなんて作者が言ったらおかしいけど、あれは新聞小説だったし、ほかの小説じゃなくてなぜこの人は『口笛をふく時』を選んだのかなと、僕は不思議に思ってたんです。もっと他のものを訳してくれたらありがたいな、とかね」

それに応じて私がこう答えた。

「(ニューヨークにあった)日本の書籍の店で『わたしが・棄(す)てた・女』と『口笛をふく時』の二冊を買って読んだ後、緊張しながら先生に手紙を書いたんです。僕は実は『わたしが・棄てた・女』の英訳をやりたかったのですが、あまりにも感動したので、『口笛をふく時』――つまり傑作じゃないほうを選んだほうが良いのではないかと判断したわけです。僕にとって最初の翻訳ですから、失敗したら大変だと思ったんです」

それに対して遠藤先生は「なに言ってるんだ！」とおっしゃった。そして二人で大笑いになった。

日本では一九六〇年に刊行された小説『火山』の英訳は、他の翻訳者により一九七八年に出版された。刊行に合わせて、ニューヨークタイムズの文芸欄記者から会見を申し込まれた遠藤先生は訪米し、『火山』の翻訳者でもない私が、なぜかその通訳を頼まれた。

インタビュー当日に遠藤先生と肩を並べて新聞社の本社へと歩いている時、遠藤先生はこう言った。

「君、『火山』のテーマは何かと聞かれたら、オレ困るぞ。だって、あれは二十年ほど前に書いたもので、全く覚えておらん。そのような変な質問が出たら、君、うまく答えておいてくれ」

私は衝撃のあまり「はい」としか返事ができなかった。

インタビュー室に入り、記者との挨拶後、真っ先に出た質問は、案の定〈『火山』のテーマは何か〉であった。

覚悟を決め、それらしき返答を遠藤先生の代わりに言おうとした矢先、遠藤先生が微笑んで私の方をチラッと見てから、見事にその小説のテーマをスムーズに説明したのだ。どういうことかと一瞬思ったが、すぐに遠藤先生の有名なイタズラの罠（わな）にかけられたと悟って、私も微笑むしかなかった。

『口笛をふく時』の英訳が幸いにして評判を呼ぶ中、遠藤先生から執筆中の小説を翻訳してくれないかと依頼を受けた。私は完全なおバカさんではないので、すぐに「はーい」と答えた。こんな簡単な会話で、私のキャリアは永久に変わった。なぜかといえば、その執筆中の小説が他ならぬ『侍』だったからだ。

英訳の依頼を受けた時、私は小説の内容について全く知らなかったばかりでなく、遠藤先生もその小説について一言も教えて下さらなかった。正真正銘の翻訳家だったならば、これからの仕事についてこのような、全く無知な状態に耐えることができなかったかもしれないが、私のような新米にとって思いがけない機会に巡り会えたのは、非常に幸運だったと言わざるを得ない。『沈黙』同様の傑作と評される小説の翻訳を頼まれたのだから。

『侍』の英訳プロセスは特殊だったので、少し言及する。原作が完成していない中で私に英訳を遠藤先生は頼んだわけだが、新作には自信があったようで、日本での出版の後、早急に英訳版も出したいとおっしゃり、原稿のコピーを送ってくださった。

第一章の原稿が入った郵便物を開封すると、「雪が降った」という書き出しが目に飛び込んできた。大変綺麗な読みやすい字で書かれていたので安心した。これなら原稿から訳すのは、さほど難しくない。そう思い二、三枚をめくると、外人の私を恐怖のどん底に陥らせるほど、めちゃくちゃな原稿がそこにはあった。

当時は知らなかったが、一枚目の綺麗な字は遠藤先生の自筆ではなく、秘書による清書だった。遠藤先生はいつも原稿用紙を裏返しにして、鉛筆でとても小さい、ギョウ虫のような字で書き、それを秘書が謎解きでもするかのようにして清書したそうである。

私に送られてきた原稿のコピーは、清書に更に遠藤先生が訂正、推敲箇所を書き込んだものだったので、例の独特の字が原稿用紙のマス目・行間問わず、縁までをも埋めつくしていたのである。私はそれまでに何度も手書きのエアメールをもらっていたので、読みづらい字にあらかた慣れていたのは幸いだった。

『侍』は遠藤作品二作目の英訳だったが、『口笛をふく時』が第二次大戦の前後を生きた人物の物語であったのに対して、『侍』は歴史小説だ。時代に相応しい表現や、航海の描写に必要な船舶用語、武士階級の言葉遣いや、「御一門衆、召出衆、寄親、右筆」のような非日常的な日本語が山ほど出ているのは仕方のないことで、長い間、思案したり辞書を引いたりしながら英訳した。

翻訳家は、専門用語や方言や歴史的用語ばかりで悩んでいると思われるかもしれないが、必ずしもそうとは限らない。『侍』で最初に苦労した部分は、書き出し――子供でも読めばすぐにわかる「雪が降った」という簡素で美しい文章だった。

なんと無才な翻訳家だと思われるかもしれないが、実際には、その簡単で美しい日本語を忠実に英訳すれば、"It snowed." と全く味のない文章になってしまう。"It was snowing." でもあまりうまくない。"Snow was falling." どうもこれでも物足りない。一週間、二週間と脳みそをしぼって考えた末、"It began to snow." に決めた。

これは「雪が降った」の直訳とは到底言えまい。忠実な訳でもない。悪訳とでも言えそうだが、少し弁解させていただきたい。

読者は大抵小説の書き出しから読みたい本／読みたくない本の区別をするのではないだろうか。例えばトルストイ『アンナ・カレーニナ』の書き出し「すべての幸せな家庭は似ている。不幸な家庭は、それぞれ異なる理由で不幸である」やカフカ『変身』の「ある朝、グレーゴル・ザムザがなにか気がかりな夢から目をさますと、自分が寝床の中で一匹の巨大な虫に変わっているのを発見した」。読めば必ず続きが読みたくなるだろう。出だしが肝心だ。"It was snowing." という文章には、面白味がない恐れがある。別の訳を苦労して考えた末、『侍』という物語が結局「旅の物語」、つまり外国への旅、又は信仰への旅であると気がついた。"It was snowing." はどちらかといえば静的な文章だから、もう少し「動く」文章にすればどうかという結論に達した。"It began to snow." なら、「降り出す」という移動的な響き、つまり「旅」の始まりの意味を現すのではないかと思われたのである。

もう一つ浅知恵をしぼった部分は、長谷倉(はせくら)の住んでいた「谷戸(やと)」のことだ。一九八〇年当時、インターネットは普及していなかったし、使える辞書といえば、小学館の日本国語大辞典が出たばかり。それで「谷戸」を引けば、「やと(谷)=やつ(谷)」。今度「やつ」を調べると、「(谷)たに。たにあいの地」とあった。これを英語の"valley"にすると、小説の舞台となっている陸奥(むつ)国仙台藩の、小説の言葉で言えば「貧しい荒地」の意味が伝わらない。こちらも二週間以上、この二つの字に過ぎない単語をどうやって適当な英語に訳せばいいか悩んだ。

「谷戸」の英訳として「ヤット」選んだのは、"marshland" つまり、「沼地、新田」という言葉だった。『侍』の翻訳に取りかかってから四十三年も経った今日でも、"It began to snow." や "marshland" は原作の表現やニュアンスに一番正確かどうか、私には断言できない。

「キザ」な奴(やつ)になった経験

遠藤先生の文学以外の活動を見れば、「同伴者」という文学的テーマもはっきり現れているように思われる。たとえば、ふざけ半分で設立された「劇団樹座(きざ)」の舞台。芸術的才能が皆無の人たちばかりだったけれども、その活動の目的は、そういう人たちをバカにするために遠藤先生がやったわけでは絶対になく、若い時から舞台に出たくて出たくて仕方のない人間の、実現不可能だった夢を実現してやろうという意志でやったに違いないと私は解釈している（余談だが、遠藤先生は慶應義塾大学を卒業したころ、「映画俳優になる夢が棄てきれず、松竹大船撮影所の助監督試験を受けるが、不採用となる」。『遠藤周作文学全集』第十五巻の年譜から引用）。

この風変わりな劇団について私には意見を述べる資格がないと思われる方もいらっしゃるかもしれないが、私は外からその活動を評価しているのではなく、座員として言っていることをここで白状せねばならない。私と妻のエリザベスは二回も「劇団樹座」の舞台に出たことがあるからだ。

一九七八年、日本で博士論文の研究をしている最中、「やる者天国、見る者地獄」

をモットーにした素人劇団「樹座」の舞台に出ないかと遠藤先生からお誘いを受け、拒むわけにはいかず、東京で妻と共に「トニーとマリア」(「ウエストサイド物語」)のミュージカルに出て、その後ニューヨークのジャパン・ソサエティでオペラ「カルメン」にも出演したのである。

「劇団樹座」の独特なルールのひとつは、場面ごとに主役が替わることだった。おそらく数多くの素人俳優にスポットを当てることが目的だったと思う。観客からすれば、ストーリーの筋に付いて行くのが大変かもしれないが、大多数は役者の親戚だから、ストーリーよりも汗をかきながら必死に演じようとする姿を笑いながら見る楽しみを第一としたに相違ない。

私と妻が舞台に出るようになってから遠藤先生からひとつお願いされたことがあった。それは外国人の友達を五、六人呼んでほしいというものだった。友人を集めたところ「劇団樹座外国人研究生」と名がつけられた。四つぐらいの場面を日本人の俳優が演じた後、我々外国人研究生が英語で同じ場面を繰り返したのである。

ある場面で私はトニーの役をやらされ、妻はマリアを演じた。すこぶる劇的な場面で、二人の恋人が喧嘩をやめてから抱き合ってキッスをする。同じ場面を演じた日本人は恥ずかしさのあまり、キッスするのを断ったが、私と妻はしっかり抱き合い、強い接吻をした。

稽古場で初めて演じた時、遠藤先生はなぜかすごく感動したように見えた。

「お前たちが夫婦でなければなかなかああいうようなキッスはできなかったろう」

とあくまで言い張り、妻が、

「いいえ、あたしは大学で演技が専門だったから、男性の誰とだってできるわよ」

といくら言っても遠藤先生を説き伏せることは全くできなかった。

遠藤先生の一人息子である龍之介さんが結婚するという知らせが来た際、東京で行われる披露宴の招待状をいただいたが、アメリカにいたために参列できなかった。「劇団樹座」が「トニーとマリア」の公演をした際、龍之介さんも舞台に出たので、面識があったのだ。披露宴に出席する代わりに、お祝いの電報を打った。すると一カ月ほど経ってから郵便で披露宴列席者たちへプレゼントされた小説『侍』の「結婚記念・私家版350部印行」の限定版が一冊送られてきた。その贈呈のメッセージにはこう書いてあった。

「親愛なるそしてすばらしい翻訳者のヴァン・ゲッセル様　教正・遠藤周作」

それを読んで私は大変感動したのである。そして一九九五年に遠藤先生に文化勲章が授与された時、思いがけずに私が英訳した『深い河(ディープ・リバー)』の特装版（三百部限定）も送られてきた。その刊行は悲しいことに遠藤先生が脳出血を起こした後のことだったので、贈呈の言葉は書かれていなかった。

間もなくして遠藤先生は亡(な)くなられたから、この本も『侍』の限定版と共に、家の宝物として非常に大事に保存してある。


私と妻が飛行機で日本に着いたばかりのある夜、遠藤先生から夕食の招待を受けた。当時、表参道にあった、先生の好きな中華料理店「福禄寿」が待ち合わせ場所だった。遠藤先生はいつも通り美味(おい)しそうな盛り合わせを注文してくれた。どう頑張っても食べきれないほどの量だったが、折角だからお腹(なか)がはち切れてしまう直前まで食べようと決めた。

当時の妻の日本語力は、日常の買い物をどうにかできる程度だったので、私はいつも妻と遠藤先生の会話を通訳する下働きの役割を務めなければならなかった。

その夜、遠藤先生は思いがけないことを真っ先に言ったのである。「今、B英会話学校で英語の勉強をやっている」。第二言語がフランス語の遠藤先生がどうして英語をわざわざ勉強する必要があるのか不思議に思ったのを覚えている。

旅の疲れのせいで、妻は食欲が全くと言っていいくらいなかったのだが、遠藤先生は、注文したものが口に合わないのかと気遣い、

「Oh, why you don't eat?（どうして食べないのですか）」

と尋ねてくださった。妻は、

「I don't want to get fat.（太りたくないから）」

と答えたところ、遠藤先生は、

「Oh, you are not flat!（いや、君はペチャパイじゃないよ）」

と返事をした。私と、ペチャパイとは正反対の妻は、ゲラゲラと腹を抱えて笑った。遠藤先生は自分の間違いに気がついていないようだったので、私は仕方なく「fat」と「flat」の大きな違いを説明しなければならなくなった。それを聞いて先生は少しばかり顔を赤くしたけれども、やはり自分の間違いがケッサクと考えたのか、大声で笑っていた。


二〇二一年十二月に遠藤先生の未発表戯曲三篇が長崎市遠藤周作文学館で発見され、新潮社が『善人たち』というタイトルで刊行するという報に接し、大変複雑な気持ちになった。というのも、四十年以上も前に先生と妻と三人で夕飯をご一緒した際、遠

藤先生が思いがけないことを急に私たちに聞いたからだ。当時、劇団民藝から依頼があり、久しぶりに新しい戯曲を書くことになっているけれども、アメリカ人である私とエリザベスに聞きたいことがある、と。

それは登場人物の名前のことだった。太平洋戦争勃発直前にアメリカに留学している一人の日本人の名前に、英語で汚い意味のある言葉はないか教えて欲しいとのことだった。つまり、日本人の名前として珍しくても差し支えないが、アメリカ人がその名前を発音しようとする場合、猥褻やいやらしく聞こえる可能性のある名前を思いつかないか、という質問だった。

恥ずかしい話だが、いくら考えても、そのような名前は浮かんでこなかった。しかし日本語のできない妻は暫く考え込んでから、「ああ、わかった！」と英語で言った。以下、私が通訳し、先生に伝えたこと——。

一九四四年ごろ、妻の父が徴兵され、従軍牧師（「善人たち」の阿曽君と同じ！）として直ぐ南太平洋の戦場へ送られた。最初はフィリピンの南端にいたが、マッカーサー陸軍元帥の指揮でアメリカ軍が沖縄方面へ向かった際に同行するも、結局沖縄まで行かずに終戦を迎えた。その後、彼は数カ月間、進駐軍の従軍牧師として九州や中国地方を廻り、進駐軍の精神的健康をサポートした。長年義父の記憶に残った場所が、九州の阿蘇山の麓にあった進駐軍のキャンプだったそうである。

一九七三年ごろ、私たちが一年間東京で英会話を教えている時、妻の両親が日本に遊びにやってきた。義父に日本のどこが見たいか尋ねたら、なんと「懐かしい阿蘇山の辺りがもう一度見たい」と答えた。

そこで、九州への旅行の計画を私が立てた。そこまでは良かったが義父の「阿蘇」の発音がまずかった。エリザベスと私は何回も発音を正そうとしたが、結局ダメだった。いくら直しても、年のせいか、彼の口から「あ、そ」の音が正しく出てこなかった。ヤケになった妻は忠告した。

「お父さん、あなたが『阿蘇山』の発音をする時、その英語のひどい訛りで英語の"asshole"としか聞こえないのよ。恥ずかしいわ！」

遠藤先生と三人で夕食を食べたのはそれから四、五年経ってからのことだった。遠藤先生のその晩の質問に応じて、エリザベスが先生に彼女の父の「阿蘇・asshole」の話をすると、先生がお笑いになって、「あ、そう？」とニコニコされながらおっしゃった。それは確か一九七七年か八年ごろだった。

「善人たち」ほか戯曲二篇が新潮社から刊行されたと耳にしたとき、当時の光景が蘇った。アマゾンの配達を待っている間、胸がドキドキして、「もしかして」と考えたり、「まさか」と諦めたりして毎日を過ごしていた。

そして本が届いた。個人の習慣として、本を読む時いつもそのカバーを外してから読むことにしている。カバーが破れたら損すると考えているからだ。『善人たち』のカバーを外すと、表紙に遠藤先生の懐かしい字が印刷されていた。そして、日本人の登場人物の名前に最初「塚本」と書いたところが、遠藤先生の鉛筆で消され、その右の方に「アソ」とはっきり書いてあった。

戯曲を読んでいくと、次の対話に出会った。

トム　「君の阿曽という名は、米国人には変な意味にとられる怖れがあるからで……失礼を許してくれたまえ。阿曽という名前はつまり米国人にははなはだ品のない言葉の発音に似ているので（略）アソォというのはつまり、その……尻という英語になるんだよ」

阿曽の声だけで　「尻の穴。それがこの国でのぼくの名か。なるほど、アス・ホールを早く発音すればアソォか」（第一幕・第二場、単行本の22ページ）

この戯曲の重大なテーマの一つは、人種差別。純粋なクリスチャンでアメリカの神学校に留学する目的で渡米した一人の日本人の名前までもが、図らずもアメリカ人の耳に汚く聞こえるという設定が大変興味深く、遠藤先生の類（たぐい）のない熟練して優れた筆才をよく現しているように思われた。

五十年近く遠藤文学を研究・英訳してきた私だが、考えてみれば私より遠藤先生の文学に直接貢献したのは、妻のエリザベスではないかと疑わざるを得ないのである。

よく知られているが、遠藤先生は小説の登場人物の名前に、自分の友達の名前を少しだけ変えて使用するという悪戯（いたずら）めいた習慣があった。私の名前も数回（なぜかそのまま）出ている。例えば、短編「最後の晩餐（ばんさん）」（一九八四）で、精神科医の主人公が昔留学した米国のスタンフォード大学での指導教授の訓辞を思い出す。「『医師であることは職業ではない、それは宗教家とおなじように人々の苦しみを担（にな）う天職である』」。それに反して主人公はこう考える。「ちえっ、ゲッセル先生、格好のいいことを言いやがって」と。

「ヴァン」という名前が一番多く使用された小説は『女の一生　二部・サチ子の場合』で、時々出てくる外国人の少年「ヴァン」は、どういうわけか気の弱い、泣き虫のイヤな人物である。これで、作者は一体何を示唆（しさ）しようとしたのだろうか。今日まで不可思議に思っているのである。

スコセッシ監督による『沈黙』の映画化

『沈黙』は長年にわたり私のキャリアにとても強い影響を与え続けた。一つの例だが、『沈黙』に関する論文を幾つか書いたおかげで、一九九五年にミルウォーキー・レパートリー・シアターと日本の劇団「昴」が提携して小説を脚色する計画を立てた時、私がその文学アドバイザーとして招待され、出来上がった芝居が日本とアメリカ両国で演じられ、大変好評を博した。

数年後、マーティン・スコセッシ監督が『沈黙』の映画を手がけた際、私はまたもやそのコンサルタントを頼まれた。その映画化の準備期間から撮影が完了するまでの五年間、スコセッシ監督のアシスタントであるMarianne Bowerという素晴らしい研究者と数百のメールを交わし、監督の色々な質問に応答した。質問は小説の重要なテーマから極めて些細なことまで広範囲に渡っていた。たとえば、ロドリゴが入れられた牢の大きさ。牢にいたときのロドリゴとフェレイラが着た服装の色とスタイル。十七世紀の日本語で感謝の気持ちを表すために「どうも」や「ありがとう」が使われたかどうか、等々。

殊に足元に踏絵が置かれた時にロドリゴが聞いたキリストの声――「踏むがいい」――は遠藤にとってどういう意味があったのか、アシスタントと何度も話し合いを重ねた。日本で多くの評論家が指摘した通り、映画は原作にすこぶる忠実に出来上がっていると聞き、私の長年のコンサルタントとしての仕事が見事に報いられたとつくづく感じている。

その「踏むがいい」という、大変劇的な場面の意味をめぐる論争は、非常に重大な問題である。「踏むがいい」というただひとつだけの短い文章で、世界中で有名な作品とその作者のイメージが大分変わっていくということを疑う余地はないのだ。

小説の第Ⅷ章。死に至るほど魂の苦しみを経たロドリゴの足元に踏絵が置かれた。足をあげて、銅版に刻んだイエスの顔を踏もうとする時、〈踏むがいいと銅版のあの人は司祭にむかって言った。踏むがいい。お前の足の痛さをこの私が一番よく知っている。踏むがいい。私はお前たちに踏まれるため、この世に生れ、お前たちの痛さを分つため十字架を背負ったのだ。〉と書いてある。

この場面が『沈黙』の中核を成している。物語の前半で多弁であった司祭が、ついに黙ってキリストの醜い、苦しんでいる顔を見下ろす。人間が自分のエゴイズム、自分のプライド、自分の自己満足を捨てるからこそキリストがその長い沈黙を破って、同じく苦しんでいる人に慰めの言葉をかけることができるのである。その憐(あわれ)み深い言葉は「踏むがいい」と、ロドリゴがこれからする、今まで誰もしなかった最も辛(つら)い愛の行為を、慈悲を込めた声で許してくださるわけである。

ところが、『沈黙』の英訳では肝心なキリストの愛と優しさを込めた言葉は"Trample!"すなわち「踏め」と、陸海軍の司令官が使うような、号令と変わらない言葉で訳されている。しかし、この命令形のような英訳の文章は、敢(あ)えて言えば私がこれまで論じてきた作者の意図をねじ曲げて、原作が読めない読者を小説全体の意味において間違った解釈へと導いてしまう。

日本語を話さないスコセッシ監督が、『沈黙』の映画化に取り掛かった際に、私は踏絵のなかのキリストからいわれた言葉の原作での優しさを、監督に繰り返し、繰り返し強調した。出来上がった映画では、踏絵からの声は次のように聞こえる。

Come ahead now. It's all right. Step on me.
I understand your pain.
I was born into this world to share men's pain.

I carried this cross for your pain.
Your life is with Me now.
Step.

このセリフで特に注意したい言葉は、"It's all right." すなわち「いいですよ」。間違いなく優しく、許しに満ちた言葉である。映画を最初に見た時、「ああ、これでよろしい。スコセッシの映画のおかげで、遠藤先生の意図が遂に正しく伝わっている。これでいい」と思ったのである。

「踏むがいい」というセリフは、小説によれば、「銅版のあの人は司祭にむかって言った」とある。これは間違いなくキリストの声だ。映画では、誰かがその言葉を言わなければならないから、誰の声がいいかという問題が当然生じた。

台本の草稿では、「キチジローの声のように聞こえる」と書いてあった。それを読んで私は監督に「絶対だめです」と忠告をした。なぜかといえば、キチジローはその場所に居合わせたのではないし、転びものがロドリゴを許すというのはいかにもおかしいからだ。またキチジローの声に聞こえるならば、キリストはその場面に関係がなくなるわけだ。幸いに、監督はキチジローの代わりに、別の（誰かの）声を使ったのである。

小説の最後は「切支丹（キリシタン）屋敷役人日記」といって、英訳でも原作の日本語でも非常に分かりにくい箇所である。そこに「岡田三右衛門（さんえもん）（ロドリゴ）儀、宗門の書物相認（あいしたた）め申し」と「岡田三右衛門書物仕（つかまつ）り候」と書いてある。これは英訳では“engaged in writing a disavowal of his religion”と“writing a book”として訳されている。

英訳しか読めない多くの読者と同じように、スコセッシ監督がこれはフェレイラが書いた「顕偽録（けんぎろく）」という、キリスト教の教えを全面的に否定する書物と同じようなものだと台本の草稿で記した。私は、そうではなくて、ロドリゴが切支丹屋敷で何回も信心戻しをして自分が実際に転んでいないと言い張ったので、日本の役人がその度に強いて彼に転び証文を書かせたことを意味すると説明した。すると映画の最終場面が変わったのである。

翻訳することを通して味わう遠藤文学

外国の文学作品をその地で建てられた建物に例えれば、翻訳は、その建物の材木をひとつずつ取り外して、見知らない場所へ移築するプロセスのようなものだ。決して簡単ではなく、また完全に満足し得る仕事でもない。ある時には、土台は不慣れな地形に合わないし、またある時は屋根のないサンポーチが、雨が絶え間なく降る国ではおかしく見えてしまう。

遠藤先生は「翻訳者への注文」（「新潮」一九六三年二月号）というエッセイでこう書いた。「語学的に正確に訳すことよりも文学的に正当に訳すことがまず彼（筆者注・翻訳者）に要求されるのではないか。（中略）文学的に正当であると言うことは、原作者の技術や思想や感覚ができるだけ生かされた翻訳であるという意味である。しかしまた時には訳者のその作品にたいする考えかたがにじみ出ている翻訳をよみたい。つまり、この時は原作の面白さと共に訳者の屈折の面白さである。（中略）作家と翻訳者との内面のたたかいや原作者の芸術にたいする芸術的協力であるべきは勿論である。」

そして遠藤先生が、翻訳はひとつの「変化」であるというような表現をされていたのもどこかで読んだことがある。

私は翻訳をする時、なるべく原作と原作者の意図に忠実にやることを原則としている。「忠実」であるということは、まず作品そのものを正しく理解するまでに読み返し、読み返し、わからないところがあるとすれば（恥ずかしい話だが、それは確実にある）研究をして、そして幸いに遠藤文学の六作品を翻訳した時には、先生がまだご健在であり、直接手紙でわからない箇所を聞くことができた。

残念ながら、今私がこれを書いている現在では、英訳者は多くの場合日本の作家に直接連絡することができなくなっている（ほとんどがエージェントを通して聞かなければならないからである）。遠藤先生は確かに自分の作品を翻訳する人に対して感謝の気持ちで付き合っていた。そして、私が日本に行った時には、必ず会ってくれたので、その度ごとに私は彼の性格や文学に関する姿勢を学ぶことができた。それは真面目な話をする時だけではなく、「劇団樹座」をやっていた時も彼のさまざまな違った顔を見ることができた。

自分で研究をして、作品のわからないところを解けるまで勉強をしてから、一般読者とは違って言葉ひとつずつを、美味しい食べ物をゆるりと食べ尽くすように、頭の中で消化しながらゆっくりと味わうプロセスを通して英訳を完成する。小説の難しさによって（例えば、『スキャンダル』のような現代ものや、『侍』のような歴史小説まで）英訳を完成する時間が違ってくる。『侍』の場合、一年半から二年もかかった。

遠藤先生が亡くなられた後も英訳をしているが、『女の一生　一部』と『二部』の英訳をしている間、作品について先生と話し合いたかったけれどもできず、翻訳をすることがとても寂しかった。

現在も、この間発見され新潮社から出版された「影に対して」の英訳をしている途中で、作者はもうこの世にいないことを嘆いている。

遠藤文学の魅力は、確かにその作品の構造や文体のうまさもあるが、それよりも独特なイエス像の美しさ、純粋さ、溢(あふ)れる迫力にある。遠藤先生は中期の作品から自分なりのイエス像を少しずつ作り上げ、そのプロセスを私は翻訳者の立場から拝見できたので、非常に親しみを感じている。

『侍』の長谷倉や『深い河(ディープ・リバー)』の大津のような登場人物は、ある種、遠藤先生自身の分身と見ても差し支えないが、それら架空の人物たちよりも、作者の性格ともっとも共通点のあるキャラクターはイエス・キリストの他にはいないように思えてならない。

人間の弱さ、裏切り、愚かさ、頭の鈍さや憎しみを、憐れみ深い優しい眼差(まなざ)しで観察する。このようなイエス像を創(つく)り上げた遠藤周作も、そうしたことへの理解や同情心、共感や許しに満ちた心を十分持ち合わせているのではないだろうか。人生のあらゆる辛い経験（両親の離婚、学校での落第、長年の肺病、手術や入院など）から学んだ心の優しさと対人感覚を通して、遠藤先生は平凡な人々にも楽しい体験を提供しようとしたように思われる。それは、狐狸庵(こりあん)先生のエッセイや「やる者天国、見る者地獄」をモットーにした素人劇団「樹座」のような活動に現れていた。私も座員の一人として遠藤先生の側で稽古を必死になってやっている間、遠藤先生の顔をよく見たが、確かに彼は人を喜ばせ、笑わせ、演劇の才能のない人達を夢中になって歌わせたり踊らせたりすることによって、人生の疲れや苦しみを束の間でも忘れさせることを何よりも喜んでいたように見えた。人を慰め、人生の痛みを癒そうとする――そのような仕事は神様のような人間でなければなかなかできないのではないだろうか。

ヴァン・クレイグ・ゲッセル
翻訳者。ブリガム・ヤング大学名誉教授。『侍』『深い河』など遠藤周作作品を多数翻訳。二〇一八（平成三十）年、アメリカ合衆国における日本文学研究の発展及び日本・アメリカ合衆国間の相互理解の促進に寄与したとして、旭日中綬章（勲三等）を受章。

人生に効く！
遠藤周作の
名言

人間の弱さや哀しさに共感する小説やエッセイなどの作品によって、さまざまに生き悩む人たちの人生を励ますことで、日本の幅広い人たちに狐狸庵先生と親しまれ愛されてきた国民的作家・遠藤周作。その作品は様々な挫折や劣等感から生きる自信を失っている人、愛する者を喪失した悲しみ、病や老いの苦しみのなかにいる人……、そうした生活のマイナスを抱える人たちの孤独な心を励ます名言にあふれています。自身、挫折の連続のなかで、それら生活の次元でのマイナスを抱きしめ、人生の次元でのプラスの意味を見出し、作品を紡ぎ出した作家遠藤周作の名言をここでは小説を中心に紹介しましょう。

■小説の名言

□『沈黙』

島原の乱が鎮圧されて間もないころ、ポルトガル人青年司祭ロドリゴが、恩師フェレイラ背教の知らせを受けて、キリシタン禁制の厳しい日本に潜入し、日本人信徒たちに加えられる悲惨な殉教と残忍な拷問のうめき声に接して苦悩し、自らも弱者キチジローの裏切りで捕らえられ、ついにフェレイラと同じ背教の淵に立たされる……。

神の存在、ユダ的裏切りと救いの問題、西洋と日本の宗教的精神風土の違いなど、日本人としてキリスト信仰の根源的な問題を突き詰め、〈神の沈黙〉という永遠の主題に切実な問いを投げかけ、苦しみを共にする母性的なキリストの眼差（まなざ）しにその応答である〈沈黙の声〉を聴き取っていく純文学書下ろし長篇。

キチジローの言葉

踏んだこの足は痛か。痛かよオ。

踏絵を踏んだキチジローが牢舎（ろうしゃ）にいるロドリゴに告悔（コンヒサン）を聞いてもらうために中庭に来て、雨の中、「まるで母親にまつわりつく幼児のように」哀願の声で弱者の苦しみを訴えている場面での言葉。踏絵を踏まず、殉教したモキチやイチゾウのような強者になれない「俺（おい）のような弱虫あ、どげんしたら良かとでしょうか」とロドリゴに懸命に訴えるが、この時点では恨みと怒りが記憶から消えていないロドリゴから放っておかれる。

お人よしだが臆病で、役人に脅されると踏絵を踏んでしまうキチジローは、弱い人間の本音を吐露する、最も人間的ともいえる人物である。ちなみに遠藤が色紙に好んで書いた言葉は「踏絵を踏む　足も痛い」であった。

フェレイラの言葉

この国は沼地だ。（中略）どんな苗もその沼地に植えられれば、根が腐りはじめる。葉が黄ばみ枯れていく。我々はこの沼地に基督教という苗を植えてしまった

ロドリゴが恩師フェレイラとの再会を果たした場面でのフェレイラの言葉。

ここで、フェレイラは井上筑後守と同様に、日本とよぶ「沼地」に我々が携えてきた基督教の苗は根を下ろさないと言う。そして一見、根を下ろし葉の茂っているように見えるものも、実は日本人の心情のなかで屈折させ変化させたもので、別のものになっていると指摘する。そして布教の意味はなくなっていったと断言し、それが二十

年間の日本での布教でつかんだものであり、自分は布教に敗北したと言う。

ここには作者遠藤が処女評論「神々と神と」以来、日本人としての自分の中にある汎神的な血の自覚の上に、一神論的西欧キリスト教との距離感を意識的に追求した二十年間に実感した強烈な距離感の自覚がこめられていよう。それゆえに、このフェレイラの言葉には敗者の自己欺瞞とは思われぬような真実さを感じさせるものがある。

しかし、それは西欧キリスト教のみを絶対の基準とするフェレイラの視点からの一面の真実であって、ここでフェレイラが「基督教という苗」と言うのは、西欧の長い伝統のなかでその精神的土壌に根づくように改良を重ねた西欧キリスト教の苗であり、それをそのまま日本の精神的土壌に植えても根づかないのを、キリスト教そのものが根づかないと捉えているのが、フェレイラの〈日本沼地論〉である。

それに対して、遠藤が病床体験の苦しみの中で日本人である自分の心情で捉えることのできたキリストの顔が、ロドリゴの信仰体験に託されていく。

踏絵の基督の眼差しの言葉

踏むがいい。お前の足は今、痛いだろう。今日まで私の顔を踏んだ人間たちと同じように痛むだろう。だがその足の痛さだけでもう充分だ。私はお前たちのその痛さと苦しみをわかちあう。そのために私はいるのだから

『沈黙』の最後の場面。

踏絵を踏んで五年以上が経ち、転びポウロと呼ばれ、長崎の町で監視下にいるロドリゴのもとに、キチジローが告悔の聴聞を求めて訪れる。キチジローの「踏絵にも足かけ申した」という告悔の言葉をきっかけに、ロドリゴの心に、自分も足をかけた踏絵の基督の顔がよみがえり、その哀しそうな眼差しがロドリゴに訴えた言葉である。

五年余りの歳月を経て思い起こされているこの踏絵の場面が、「第Ⅷ章」の終わりの実際に踏絵を踏む場面の描写よりも、また、踏絵から一年近くたっての回想の時の描写よりも、「あの人」の言葉はより詳しくそしてより感覚的で生々しく描かれてい

る。ロドリゴが孤独な歳月のなかで繰り返し繰り返し、踏絵の「あの人」の顔を思い起こすたびに、「あの人」はロドリゴの心の内で、より肉感をもって生きているのであった。

ロドリゴの内心の言葉

主よ。あなたがいつも沈黙していられるのを恨んでいました

前出のロドリゴの心の中に生きている基督に、ロドリゴが内心を告白した言葉。ロドリゴはそれに対して基督から「私は沈黙していたのではない。一緒に苦しんでいたのに」との応答を受け取る。

雄々しい力ある父性的な神を想(おも)っていたロドリゴは、神が力ある業で自らの存在を現わしてくれることを切望していたが、日本の信徒たちは残虐(ざんぎゃく)に殺されていくだけで眼に見える現実では何も起きない。日本の貧しい信徒たちが水磔(すいたく)の刑に処せられ、呻(うめ)き、苦しみ死んでいった海を前に、「この海の不気味な静かさのうしろに私は神の沈

黙を――神が人々の歎(なげ)きの声に腕をこまぬいたまま、黙っていられるような気がしていた……」と海の沈黙に神の沈黙を重ね、何もしてくれない神を恨む思いにまでなっていた。それを告げたロドリゴは、神が何もしないで〈沈黙〉しているように見えても、その〈沈黙〉の奥で母のように一緒に苦しんでいたという真実を知らされる。

ちなみに、こうした『沈黙』のテーマが込められ、舞台となった長崎市外海(そとめ)に建てられた〈沈黙の碑〉には〈人間がこんなに哀しいのに　主よ　海があまりに碧(あお)いのです〉と刻まれている。

ロドリゴの内心の言葉

私がその愛を知るためには、今日(こんにち)までのすべてが必要だったのだ。（中略）そしてあの人は沈黙していたのではなかった。たとえあの人は沈黙していたとしても、私の今日までの人生があの人について語っていた。

本作の最後を結ぶ、ロドリゴの内心が告げられる言葉。ロドリゴがかつて教会で教えられた、雄々しく力強いキリストを力の限り心を強くして愛するという形から、「第Ⅷ章」の終わりで人生の痛苦の極みで出会った、共に苦しむ母のような愛の眼差しを向けてくれる「私の主」を、その愛に応えて、弱ければ弱い、ありのままの自分で愛するという形に変わる。

そしてその愛を実感できるためには、これまでの自分の人生の出来事の一つ一つが、殉教を覚悟する情熱をもって迫害下の日本に潜伏したことも、神の沈黙を懐疑し苦しんだことも、キチジローに売られ捕まったことも、踏絵に足をかけたことも、そしてその後の五年間におよぶ屈辱と孤独の今日までの日々も、それがどんなにマイナスに思えることであったとしても、どれ一つ無駄ではなく、必要であったのだというのである。

ロドリゴにとってこのように自分の過半生が見えてきたとき、今日までの自分の人生の歩みが、決して自分の力によるものではなく、目には見えないもっと大きな力、神の働きが自分をここまで後ろから押してきたように感じられたからこそ、「あの人は沈黙していたのではなかった。たとえあの人は沈黙していたとしても、私の今日までの人生があの人について語っていた」という小説を締めくくる最後の言葉を確信をもって言い切れたのであろう。

ちなみに、この結末の言葉は、出版間際(まぎわ)の最終段階で加筆されており、作品のタイトルが『日向(ひなた)の匂(にお)い』から『沈黙』に変更になったことを受けて、遠藤が自らの病床体験を経て最も伝えたい主題、神は沈黙しているのではない、事物や人生を通して語っているという〈沈黙の声〉の主題が誤解なく伝わるように、主題の徹底をあえて言葉で呈示した、遠藤作品としては特異な終わり方になっている。

□『満潮(みちしお)の時刻』

突然の喀血(かっけつ)により結核に冒されていることを知った明石。四十代の働き盛りで療養生活を余儀なくされ消沈する明石が入院先で出会ったのは、自分よりもさらに死に近い病人たちと、その儚(はかな)い命の終焉(しゅうえん)だった。結核がまだ致命的な病であった時代、死の淵を彷徨(さまよ)い絶望と虚無に陥った男の心はどこへ向かったのか。生と死、信仰と救済。遠藤文学を貫くすべてのテーマが凝縮され、『沈黙』と並行して執筆された感動の長編。

明石の内心の言葉

生活するということと、生きるということとは別の意味をもっていた。生きることはこんな体でも、他の人に負けぬぐらい、いや、こんな体だから余計に生きることができるような気さえした。

明石は、入院生活のなかで、「生活と人生とは違う」ことを意識し始める。

ここで「生活」と「生活する」に対する「生きる」とは、「人生を生きる」という意味である。

この「生活」と「人生」という言葉には、遠藤独自の意味が与えられ、最晩年の『深い河（ディープ・リバー）』に至るまで遠藤文学の中心的鍵（かぎ）となる用語である。

「生活」とは、働いたり、遊んだり、飲食を楽しんだり、といった目に見える日常生活を自分中心に過ごすことであり、「人生」とは、自分や他者の死や苦しみと向き合い、事物の囁（ささや）きを心で聞きとり、自分のこれまでの人生を嚙（か）みしめ、生きることの意味を問うというような時を過ごすことであった。

ちなみに、遠藤は、こうした病床体験のなかで「人生や死や人間の苦しみと正面からぶつかる」ことで「人間と人生を視る眼」に変化をもたらし、『沈黙』が心のなかで熟すときとなったと語っている（「生き上手　死に上手」）。

明石の内心の言葉

事物はたえず人間に話しかけようとしているのだ。それを聞くまいとしているのは人間である。

明石が病床体験で得たものをまとめる時が来たと思い、自分が苦しむ人たちに向けた共感の眼と九官鳥の眼と踏絵のなかのキリストの眼が重なって一つとなったという場面に続いて、少しずつ体力の恢復してきた明石は、ヴェランダまで一人で歩き、そこにしゃがんで日なたぼっこをしながら、肋骨の数本を失って凹んだ部分にそっとふれ、小さな貧しいこの発見をえるために自分はこの骨を失ったのだと思えばいいとしみじみ考える場面での内心を語る言葉。

『満潮の時刻』連載時に、並行して執筆していた書下ろし長篇に付していた題は『沈黙』ではなく、『日向の匂い』であったが、両作品のなかで実際の「日なた」が出てくるのはこの場面だけである。今まで病室という日陰で長い間、過ごしてきた明石がやっとヴェランダの「日なた」に出て、そのぬくもりに包まれるなかで、肋骨を数本失うという生活の挫折を通して人生の次元で得たものを噛みしめる姿には、『日向の匂い』という言葉のイメージと通じ合うものがある。

さらに、遠藤はエッセイ「沈黙の声」のなかで『沈黙』という題への変更の編集部の提案を受け入れたが、自分の意図は「神は沈黙しているのではなく語っている」、そういった〈沈黙の声〉という意味をこめての『沈黙』だったと語っている。

この明石が病床体験で得た発見は、「日向の匂い」に包まれているなかで、冷たく黙っていると思える事物も人間が聞こうとしていないだけであって、実は事物を通して人間に話しかけている〈沈黙の声〉があるという発見であったといえる。

□『わたしが・棄(す)てた・女』

お金のない大学生の吉岡努(よしおかつとむ)と、人の苦しみに自分を合わせる女工の森田ミツが出会い、平凡な女性であるミツが最後には吉岡にとって聖女となっていく物語。吉岡による視線「ぼくの手記」と、ミツによる視線「手の首のアザ」の二つの視線で描かれる。

欲望のままに生きる吉岡に都合よく扱われ、あげく棄てられ、それでも吉岡を想い続けるミツは、ハンセン病の疑いから御殿場の療養所に入所し、誤診と分かった後もハンセン病患者と共に生きる道を選ぶ（なお、ハンセン病については執筆当時の状況であり、現在は隔離政策は終了し、完治する病気である）。

主人公の森田ミツは、実際にハンセン病と誤診され、後に看護師となって生涯、ハンセン病患者と共に生きた井深八重（いぶかやえ）がモデルとなっている。遠藤自身が最も好きな登場人物であると語り、後の作品にも同名の人物が度々登場する。

人間の人生を悲しそうにじっと眺めている顔の言葉

この人生で必要なのはお前の悲しみを他人の悲しみに結びあわすことなのだ。そして私の十字架はそのためにある。

ミツが夜勤を頑張った手当を受け取り、自分と吉岡のための買い物に向おうとしたときに、上司の田口が給料を持ち帰らず、苦しんでいる妻子と出会った後の場面。風がミツの心を吹きぬけ、悲しい人間の人生を悲しそうにじっと眺めている一つのくたびれた顔がミツに囁く。この後、ミツは風に吹かれるなかで、「だれかが不倖せなのは悲しい。地上の誰かが辛がっているのは悲しい」と我慢ができなくなって、買い物のためのお金を母親に渡す。

作品としては、この顔の登場は唐突であることから、それだけ、遠藤が病床で得たキリストの顔を復帰後の最初の長篇作品に挿入したい思いが強かったことがうかがえる。

スール・山形の手紙の言葉

自分一人だけが苦しんでいるという気持ほど、希望のないものはございません。しかし、人間はたとえ砂漠の中で一人ぽっちの時でも、一人だけで苦しんでいるのではないのです。私たちの苦しみは、必ず他の人々の苦しみにつながっている筈（はず）です。

ミツが入ったハンセン病療養所で働くスール（修道女）山形が、ミツの消息を吉岡に伝える手紙の言葉。スール・山形は、ミツは自分たちのように努力や忍耐を必要としないほど、苦しむ人々にすぐに自分を合わせせられ、その愛徳の行為にわざとらしさが少しも見られず、その苦しみの連帯を、自分の人生で知らずに実践していたと語る。

そして手紙は、一番好きな、一番なりたい人間は、ミッちゃんのような人、と結ばれる。

吉岡の内心の言葉

もし、ミツがぼくに何か教えたとするならば、それは、ぼくらの人生をたった一度でも横切るものは、そこに消すことのできぬ痕跡を残すということなのか。寂しさは、その痕跡からくるのだろうか。そして亦、もし、この修道女が信じている、神というものが本当にあるならば、神はそうした痕跡を通して、ぼくらに話しかけるのか。

スール・山形の手紙を読み終えた吉岡が屋上から黄昏の街を見つめながら、人生でミツと交わったことの意味を噛みしめるなかで、内心を独白する本作の最後の場面の言葉。遠藤は病床体験のなかで自らの過半生を想い起し、そこに刻まれた痕跡を抱きしめ、神が沈黙しているのでなく、そうした自分の人生を通して語っている〈沈黙の声〉を受けとめていく体験をしているが、ここにはその体験が投影されており、それは『沈黙』へとつながっていく。

□『おバカさん』

春のある日曜日、銀行員の隆盛（たかもり）と妹の巴絵（ともえ）の家に文通相手の来日を知らせる一通の手紙が届く。ナポレオンの末裔（まつえい）と称する青年を迎えに横浜港に行った兄妹の前に姿を現したのは、フランス人、ガストン・ボナパルト。馬面（うまづら）の青年は、無類の弱虫でお人好（ひとよ）しで日本語も片言で、行く先々で珍事を巻き起こしていく。そして病んだ老犬でも、冷酷な人間でも、孤独な存在と出会ったらどこまでも一緒にいようとする幼児のような純粋な愛を懸命に生きるガストンを、心の豊かさを失っていく戦後日本を舞台に描いた感動的物語。

遠藤は、この最初の新聞小説で初のユーモア長篇小説について、「ドストエフスキーは彼がもっとも理想的人間（つまりキリストにちかい男）を『白痴』という題で書きました」「私も自分のキリストを『おバカさん』という同じような題で小説にした」（「愛の男女不平等について」）と語る。

ガストンの言葉

遠藤さん、一人ぽっち。一人ぽっちだからトモダチ、いりますね（中略）これ、わたしの決心（中略）あなた捨てないこと……ついて行くこと

臆病なガストンが怖がりながらも殺し屋遠藤を愛しぬこうと決心する場面の言葉。殺し屋遠藤は、南方の島で上官によって罪をなすりつけられ、無実の罪で戦犯として処刑された唯一（ゆいいつ）の肉親である兄の復讐をすることだけを目的に戦後を孤独に生きる人物。作者遠藤にとって「捨てないこと＝愛」であった。

ちなみにガストンのモデルは遠藤たちカトリック留学生をフランスで世話してくれたジョルジュ・ネラン神父で、その後、日本人にイエスを伝えるために来日し、遠藤家にも滞在して、おかしな逸話を残している。また、サラリーマンにイエスを伝えるために新宿歌舞伎（かぶき）町で自らバーテンダーとなって「エポペ」を開店した。

巴絵の言葉

素直に他人を愛し、素直にどんな人をも信じ、だまされても、裏切られてもその信頼や愛情の灯をまもり続けて行く人間は、今の世の中ではバカにみえるかもしれぬ。だが彼はバカではない……おバカさんなのだ。

だらしない兄のような男を軽蔑(けいべつ)しているしっかり者の妹の巴絵は、典雅でスマートでたくましいフランス青年を迎えるのを夢見ていたが、来たのは馬面で間の抜けた、図体(ずうたい)ばかりデカい、弱虫でいくじなしの、幼稚で滑稽(こっけい)な行いをする男。巴絵は彼を見て、バカだと軽蔑する。

しかし、次第に美点に気づきはじめ、最後には不思議な力をもった男に見えてくる。男を見送る場面で、この内心を語る言葉のように、人間を見る目が変えられていく。

ちなみに、赤塚不二夫によって漫画化された「おバカさん　遠藤周作『おバカさん』より」では、巴絵のガストンを見る目の変化が中心テーマとなって鮮やかに描かれている。

隆盛の言葉

生れつき臆病な人もいる。弱い性格の者もいる。メソメソした心の持主もいる……けれどもね、そんな弱い、臆病な男が自分の弱さを背負いながら、一生懸命美しく生きようとするのは立派だよ。

隆盛は銀行勤めのぐうたら独身男だが、ガストンを愛し、ガストンのためには一生懸命になる。この言葉は「ガストンを見捨てるってことは、なんだか自分の心にある一番よいものを見捨てることになる」と思い、殺し屋遠藤のもとに向かったガストンを追って、山形に行こうとする場面での、ガストンをめぐる兄妹の会話である。

ちなみに本作は隆盛が、「ガストンは生きている。彼はまた青い遠い国から、この人間の悲しみを背おうためにノコノコやってくるだろう」という言葉で結ばれる。こここにはガストン＝キリストが時空を超えた永遠の同伴者であることが暗に示されている。

実際にガストンは、遠藤の作品世界において、十八年後の『海と毒薬』の続編『悲しみの歌』、三十四年後の遠藤文学の集大成『深い河（ディープ・リバー）』にも、戦争による心の傷を負って戦後を生きる孤独な人間の悲しみの同伴者として再登場する。

□『影に対して　母をめぐる物語』

完成しながらも発表されず、手許（てもと）に残された「影に対して」。「理由が何であれ、母を裏切り見棄てた事実には変りはない」。しかし『沈黙』『深い河（ディープ・リバー）』などの登場人物が、ついにキリストを棄てられなかったように、真に母を棄て、母と別れられる者などいない――。失われた〝母〟と還（かえ）るべき場所を求め、長い歳月をかけて執筆された全六篇（なお「影に対して」の執筆時期は、一九六六年三月十三日の日記の記述等からこの頃、「群像」に発表のため執筆されたと推定される）。

母からの手紙の言葉

海の砂浜は歩きにくい。歩きにくいけれどもうしろをふりかえれば、自分の足あとが一つ一つ残っている。そんな人生を母さんはえらびました。あなたも決してアスハルトの道など歩くようなつまらぬ人生を送らないで下さい。

「影に対して」『影に対して』

父の再婚した家庭にいる中学生の勝呂（すぐろ）に送られてくる、母からの手紙の言葉。母は勝呂に、母が歩いたのと同じ自分の足あとが残る砂浜を歩く人生を選ぶことを要求する。母の血と同時に、アスハルトの道を歩こうとする父の血も流れる勝呂には、この母の期待が重荷になっていく。

ちなみに、遠藤の息子の龍之介氏は就職の決まったことを報告したとき、父から俺は砂浜をずっと歩いてきた、お前はこれから舗装道路を歩くようなものだと言った比喩表現を聞いた話を伝えている。

> 勝呂の言葉
>
> もう一度、生活をやりなおさないか（中略）なにかわからないが、こういう生活は自分を偽っているような気がする
>
> 「影に対して」『影に対して』

勝呂は、嫌悪（けんお）する父のように、安穏な〈生活〉を過ごそうとする臆病さや弱さがあり、母から期待された「うしろをふりかえれば、自分の足あとが一つ一つ残っている」ような〈人生〉を歩む生き方ができていないことに心の負目を抱えていたが、雨上がりの生命力あふれた、いきかえったような風景に触発され、悔恨とも自責ともつかぬ感情が胸につきあげ、妻に発した言葉。

この作品の後、遠藤は、母をテーマに本作と同じ私小説風の短篇を書き上げていく。「影法師」では、「この母のおかげで、ぐうたらな僕は、より高い世界の存在せねばな

らぬことを魂の奥に吹き込まれ」「僕が大学の文学部に進んだのも、母の生き方をおそらく見たから」「父のような多くの生き方とは別の世界であることを知ったため」と描かれる。

遠藤のなかで母は生き続け、哀しみの聖母と重なる聖なる存在となって、幾度も病を患(わずら)いながらキリスト教作家として苦難の道を歩み、自分だけの足跡を残していった遠藤を見守り、その生涯を支えていく。

□『**死海のほとり**』

戦時下の弾圧の中で信仰につまずき、キリストを棄てようとした小説家の「私」。エルサレムを訪れた「私」は大学時代の友人戸田に会う。聖書学者の戸田に案内された「私」は、真実のイエスを求め、死海のほとりにその足跡を追う。そこで「私」が見出し得たイエスの姿は？　愛と信仰の原点を探る長編。

イエスの祈りの言葉

すべての死の苦痛を、われに与えたまえ／もし、それによりて／病める者、幼き者、老いたる者たちのくるしみが／とり除かるるならば／（中略）／もっとも、みじめな、もっとも苦しい死を

……

本作は、現代小説家の「私」の「巡礼」の章と、二千年前のイエスとその人生を横切った人間を描く「群像の一人」の章が交互に語られる構成である。その「群像の一人」の最終章「XII百卒長」の中で、十字架刑が下され、ピラト官邸の地下牢に入れられたイエスが「撲殺される仔羊（こひつじ）のように迫ってきた死に怯（おび）え震え」ながら祈っている言葉。

刑を執行する百卒長だけは、イエスが牢でも十字架を背負わされた道行きでも、かぼそい声でこの祈りをとなえているのを知ることで、「それは人間のすることではない」「お前は救い主（メシヤ）か」「しかし救い主（メシヤ）ならば、もっと威厳ある死にざまができる筈

だ」と考える。そして十字架上のイエスが「すべてが御心のままに……わたしをあなたに委ねます」と叫んで死ぬのを目撃し、十字架の下に立ちつくす。

小説家の「私」の内心の言葉

私が創りだした人間たちのそのなかに、あなたはおられ、私の人生を摑まえよう摑まえようとされている。私があなたを棄てようとした時でさえ、あなたは私を生涯、棄てようとされぬ。

本作の「巡礼」の最終章、空港で戸田と別れる最後の場面で、小説家の「私」が内心で、イエスに語りかける言葉。

小さい時に親に従い洗礼を受けた「私」は、信仰が長い歳月の間に雨樋のように腐食し、イエスの姿は実感のもてないものになっていた。イエスの足跡を訪ねる巡礼はイエスとの関係に決着をつけるための旅であった。これは、その決着の結果の言葉で、「私」は、復活したイエスが「私」の創りだす作中の人間たちにも、そして「私」の人生にも永遠の同伴者となってそばにいることを実感し、「あなた」と呼びかける関係にまで至っている。

□『悲しみの歌』

『海と毒薬』から二十年後に書かれた、勝呂医師の「後日譚(たん)」。米兵捕虜の生体解剖事件で戦犯となった過去を持つ中年の開業医勝呂と、正義の旗印をかかげてその勝呂を追いつめる若い新聞記者折戸(おりと)を中心に、そして『おバカさん』で最後に青い空に消えたガストンが、勝呂の悲しみに寄り添う無類の愛の人として再登場する物語。

華やかな大都会、東京新宿の裏側を舞台に繰り広げられる、人間の弱さと悲しみを見つめ、荒涼とした現代に疲れ果てた人間が死なないで生きることを選ぶ方法はあるのか、を問いかける。

ガストンの言葉

思わなーい。だから、わたくーし、日本にも来ましたです。たくさんの他の国にも行きましたです。みんな、みんな悲しい。でもわたくーしニッコリしますと、みんなニッコリしますです。わたくーし、今日は、と言いますと、みんな、今日は、と言いますです。そのことのあります限り、わたくーしは生きるのこと辛（つら）いと思わない

戦争中に捕虜を殺す生体解剖に加わるという運命から逃れられなかった勝呂は、戦後を生きながら、人生は愚劣で、悲しく、辛いもんだと思い続け、「そう、思わんかね」とガストンにたずね、ガストンが応える場面の言葉。

勝呂は、生まれた小さな村で、村の人と今日は、と挨拶（あいさつ）をかわすような医者に自分もなりたかったが、それもできんと応答し、あの事件の夕暮れ、屋上で自分と海を見

ていた友人が「俺たちをこげん押し流していく運命に逆らわせるのが、神ちゅうもんだろうと言うとった」と語る。

これは、『海と毒薬』に出てくる勝呂の友人の戸田の言葉で、勝呂はずっとこの言葉を思い続けていたことが暗示され、自分を押し流す運命から自由にしてくれる神を心の奥で渇望（かつぼう）しながら、そうした神を「私は信じてはおらん。信ずることもできん」と苦悩している。

ガストンの言葉

ふぁーい。そうです。ほんとに、あの人、いい人でした

ふぁーい。ほんとに、あの人、かなしかった。かなしい人でした

……

ふぁーい。ほんとにあの人、今、天国にいますです。天国であの人のなみだ、だれかが、ふいてますです。

勝呂が自殺した後、勝呂医院の玄関に腰かけていたガストンに、新聞記者の折戸が「俺が書いたから……死んだんじゃないんだ」「死ぬより仕方がなかったんだ」「彼はやっと民主社会にせめてもの支払いをしたわけさ」と自己正当化しようとするのに対して、ガストンが応える場面の言葉。

本作の連載中の原題は「死なない方法」であった。折戸に追い詰められた勝呂は人生に疲れて死んでしまうが、死なない方法はなかったか、問いかけてくる。

□『侍』

キリスト教文学の傑作『沈黙』から十四年。『イエスの生涯』『キリストの誕生』と書き続けた著者の後期代表作。

藩主の命によりローマ法王への親書を携えて、「侍」は海を渡った。野心的な宣教師ベラスコを案内人に、メキシコ、スペインと苦難の旅は続き、ローマでは、お役目達成のために受洗を迫られる。七年に及ぶ旅の果て、キリシタン禁制、鎖国となった故国へもどった「侍」を待っていたものは――。

政治の渦に巻きこまれ、歴史の闇(やみ)に消えていった男の〝生〟を通して、人生と信仰の意味を問う。

日本人の元修道士(イルマン)の言葉

泣く者はおのれと共に泣く人を探します。歎く者はおのれの歎きに耳を傾けてくれる人を探します。世界がいかに変ろうとも、泣く者、歎く者は、いつもあの方を求めます。あの方はそのためにおられるのでございます

インディオを村より追い払った神父たちの教会から離れ、インディオたちと生きる日本人元修道士が、侍から「なぜあの痩(や)せた醜い男を拝むことができる」と問われた場面で応えた言葉。

元修道士は自分も昔同じ疑問をもったが、「今は、あの方がこの現世で誰よりも、みすぼらしゅう生きられたゆえに、信じることができます」と述べ、「俺にはわからぬ」という侍に「いつか、おわかりになります」と言い、「私はやっとおのれの心にあわせてあの方の姿を摑むことができました」と語る。

侍（長谷倉）の言葉

人間の心のどこかには、生涯、共にいてくれるもの、裏切らぬもの、離れぬものを——たとえ、それが病みほうけた犬でもいい——求める願いがあるのだな。あの男は人間にとってそのようなあわれな犬になってくれたのだ

侍は、旅の始まりの船中から、両手を十字架に釘づけにされて首を垂れ、痩せこけたみすぼらしい、神々しさも尊さも感じられない男がなぜ拝まれるのか、疑問を感じ、自分たちの殿はそんな無力な男ではないと信じていた。しかし旅が終わり、その殿から見棄てられる挫折を味わう中で「なぜ、あの国々ではどの家にもあの男のあわれな像が置かれているのか、わかった気さえする」と言う侍の言葉。

侍は、なぜ十字架のみすぼらしい男が拝まれるのか、やっとその理由が自分にも実感できるようになったことを従者の与蔵に告白している。

与蔵の言葉

「ここからは……あの方がお供なされます」
突然、背後で与蔵の引きしぼるような声が聞えた。
「ここからは……あの方が、お仕えなされます」
侍はたちどまり、ふりかえって大きくうなずいた。そして黒光りするつめたい廊下を、彼の旅の終りに向って進んでいった。

江戸に対する藩の申し開きのため、切支丹（キリシタン）に帰依（きえ）した侍は評定所に出頭させられ、そこで処刑されることになる。

生涯、侍に仕え、共に切支丹に帰依した従者の与蔵が、雪の庭に正座しうつむいていたときに、侍が処刑の場に向かう気配を頭上で感じ、主人の背に向って発した言葉。

遠藤は、この与蔵の最後の言葉、与蔵の代わりに「侍（さぶら）ふ」、同伴者となっていくイエス、その一点にかけて「侍」という小説全体をずうっと絞っていくのが作品の狙（ねら）い目であったと打ち明けている（『人生の同伴者』）。

ベラスコの言葉

「私も彼らと同じところに行ける」（タント・ヨ・コモ・エリョス・ポデモス・イール・アリャ）（中略）

ただ凪の音、薪の崩れる音が聞えた。最後にベラスコの杭を包んだ白い煙のなかから、ひとつの声がひびいた。

「生きた……私は……」

本作の最後、ベラスコが火炙りの処刑を受ける場面での言葉。

最初の言葉は、役人から、長谷倉と西が切支丹ゆえに処刑された知らせを聞き、嬉しげな微笑みをうかべ、叫んだ言葉である。

最初は強者であったベラスコと弱者の侍たちの間に距離があったが、最後には同じところに行って再会できる希望が語られ、「生きた……私は……」という、使命を果たして人生を完了する十字架上のイエスの「成し遂げた」との言葉と重なる言葉が天に響き、この作品は幕を閉じる。

□『女の一生　二部・サチ子の場合』

直前まで連載した『女の一生　一部・キクの場合』に続いて、遠藤が「心の故郷」と呼ぶ長崎を舞台とした新聞小説である。

『一部』が幕末から明治の初めの「浦上四番崩れ（うらかみよんばんくずれ）」を背景に、切支丹の青年を命がけで愛した娘キクの物語であるのに対し、本作は、昭和の戦中を中心に、キクの従妹（いとこ）ミツの孫である、平凡な少女サチ子が「本当の恋」にひたむきに生きる姿を通して愛と信仰の問題を描いた作品である。

また、戦時の日本におけるキリスト者に対する思想統制下、信仰と戦争の矛盾といったキリスト者の葛藤（かっとう）が切実に描かれ、さらに長崎でサチ子が出会っていた、アウシュヴィッツで他の囚人の身代わり死を遂げたコルベ神父の物語が挿入される。

コルベ神父の言葉

ここに愛がないのなら……（中略）我々が愛をつくらねば……


来日して長崎で宣教冊子を発行していたコルベ神父は、ポーランドに帰国後、ナチスに逮捕されてアウシュビッツに収容される。

この場面は、収容所で、女や赤ん坊を焼く黒い煙を見てから、神とか愛など信じられなくなったという囚人に、コルベ神父が応（こた）えた言葉。

この後、脱走者が出たため同じ宿舎の囚人に飢餓刑が宣告される。コルベは指名された囚人に妻子がいたため、自ら身代わりの死を申し出て、「人、その友のために死す。これより大いなる愛はなし」（コルベがサチ子にあげた御絵の聖句）とイエスの説いた愛を成し遂げる。

コルベが死んだ後、「うるんだ硝子玉（ガラスだま）のような夕陽」が落ちていく中、一人の囚人が「なんて、この世界は……美しいんだ」と呟（つぶや）く。さらに、愛を否定していた囚人がコルベを思いだし、自分のたった一つのパンを病気の囚人に与えるという愛を実践し、地獄のようだった世界に愛の世界を創りだす。

ちなみに、遠藤が「大浦天主堂は信徒再発見の場所、五〇米下には愛に生きた聖人がいるんだよ」と提言して、大浦天主堂坂道のコルベ印刷所跡に赤レンガの暖炉を遺した聖コルベ館が開設されている。

修平の遺書の言葉

文学を読んでいる私は、どんな人間にも、深い人生があることを知りました。表面は何もないようでも、沼のようなその底にはその人の苦しみ、悲しみ、悦び(よろこ)と共に願いと祈りとが、地層のように集積しているのだと知りました。

一人の人を殺すことは、その生命を奪うだけではない。彼のすべてを、その人のせつない願いや祈りまで理不尽に抹殺することです。私にはとても、そんなことはできません。

神風特別攻撃隊の幸田少尉(しょうい)となった修平が、サチ子へ送った手紙に同封した、出陣の前日に書かれた高木牧師への手紙の言葉。

修平は「殺すなかれ」と教えられた信者でありながら、戦場に行けば人を殺さなければならない矛盾に悩むが、教会は自分の疑問に何も答えてくれないことで苦しむ。

そうした鬱積（うっせき）した思いを抱え、前を通りかかった教会に入り、その教会の牧師に自分の疑問や悩みを訴える。

それに対して、人を殺すのは神の教えに背くと言う勇気が自分にはありません、許してください、と誠実に答える牧師に、修平は、この人も弱い人間で、自分に責める資格などないとわかる。手紙の宛先（あてさき）はこの牧師である。

ここにあげた言葉は、信者であることとは別に文学を愛し、学び、どんな人間にも深い人生があることを知った者としても、人を殺すことはできないという思いを告白している。そして、同期の仲間と運命を共にしたいという感情と、他人の人生を奪う以上、その償いをしなければならないとの思いから、特攻隊に加わったと述べ、「結局はこの暗い運命の波から私たちは逃れられなかっただけです。辛い世代でした。本当に……辛い世代でした」と率直な思いを吐露している。

サチ子の祈りの言葉

苦痛と悲しみとは神さま、わたしにあなたの本当の御心(みこころ)を疑わせたこともありましたが、その疑いがかえってあなたを今でも求めさせます。あなたがくださった宿題はあまりに多すぎますけれど、有難うございました

サチ子が上智大学構内を横切った所にある、修平の思い出がこもった洋館クルトール・ハイムの聖堂で、修平の命日に祈る本作の最後の場面。「神さま、あなたはたくさんのものを与えてくださいました。家庭を持つ倖せ、子供を持つ楽しさ、そして、本当の恋もしました。倖せや悦びだけではなく、戦争や大切に大切にしていたものを失う苦痛と悲しみもくださいました。コルベ神父さまのような聖者にも会わせてくださいました」との祈りに続く言葉。

遠藤自ら本作の「あとがき」で「我々世代の一人一人」に個々の劇のほかにある「共通したドラマ」を「サチ子の半生のなかに書いてみたかった」と述べているよう

に、サチ子の祈りは、大切なものを失った「苦痛と悲しみ」を抱えたまま生きる人々との連帯のなかで、戦後を生きる世代が解いていかなければならない多くの宿題が残されていることを告げている。

□『深い河』

遠藤周作最後の純文学書下ろし長篇で、その作中人物の一人一人がそれぞれ担う主題やエピソードや性格など、これまでの遠藤文学の忘れえない作中人物たちと深くつながり、それと同時に作者の人生を織りなした真実が作中人物たち一人一人に投影されていて、懐かしさが感じられる作品である。作者自身が「今までの自分の文学の総決算」「自分の一生の集大成」と語る、二十一世紀を生きる私たちへの遺言のような作品である。

本作は、母なるものを失った現代の日本の社会のなかで生活の次元の物質的な豊かさには満たされながらも、愛する者の死、生の空虚、生の悲哀や孤独、死者たちの魂の救いと罪の赦しなどの生活の次元では決して解決できない人生の次元の問題を抱えて苦しむ、戦中派世代、戦後の世代、そして現代の若者といった、それぞれの世代の孤独な主人公たちが登場する。彼らが魂の問題を抱えて自分の力ではどうにもできずに苦しみながら、そうした人生の重荷を受けとめてくれる母なるものの愛を求める思いを無意識のうちにつのらせ、人生の背後にある眼にみえない力によって、母なる「深い河」を象徴するガンジス河へといざなわれていく物語である。

磯辺の妻啓子の言葉

わたくし……必ず……生れかわるから、この世界の何処かに。探して……わたくしを見つけて……約束よ、約束よ

本作は、定年前の磯辺が、医者から癌のため余命三か月という妻の死の宣告を受ける場面から始まる。この言葉は、その妻が昏睡状態に陥る直前に息たえだえの声で必死に途切れ途切れ夫に伝えた遺言。

妻の遺品の日記には、妻が病室から見える銀杏の老樹との対話から死と再生を信じ、「わたくし、生れ変って、もう一度、主人に会える気が、しきりにする」と書かれてある。無宗教の磯辺には、死とはすべてが消滅することであった。しかし、磯辺は妻

の死によって死というものが眼前に現れたとき、生活の次元の合理主義では割り切ることのできない人生の問題、死んだ妻はどこにいったのか、人は死んだらどうなるのかといった問題と向きあう。

そして、生れ変りの研究調査をするヴァージニア大学のスティーヴンソン教授の説得力のある本を読んで、日本人の生れ変りについて問い合せた手紙の返事で、インドの少女の報告を受け、その少女を見つけるためにインドに向かう。

多くの現代日本人と同じように無宗教の磯辺であったが、妻の死の宣告、妻の予知夢や幽体離脱といった不思議な出来事、妻の「必ず生れかわるから探して」という転生を約束する最後の言葉、そして前世の記憶をもつ子供を調査したスティーヴンソン教授の本との出会いといった体験を通して、今まで生活の次元でもっていた、肉体の死はすべての死といった合理的思考が徐々に揺らぎはじめる。死んだ妻はどこにいったのか、人は死んだらどうなるのか、無か、転生か、といった人生の次元の問題が、磯辺の切実な課題となっていく。

そして、この磯辺の人生に投げかけられた問題は、そのまま小説全体を貫く主題となって深まっていくことになる。

磯辺の言葉

「お前」

と彼は呼びかけた。

「どこに行ったのだ」

かつて妻が生きていた時、これほど生々しい気持で妻を呼んだことはない。

磯辺がインドで妻の生れ変りを見つけることに挫折し、月光が銀箔のような川面（かわも）に反射しているガンジス河の河原の岩に腰をおろして、南から北へ黙々と流れつづける錫色の河を眺めながら、「あまたのヒンズー教徒たちが、この大きな流れによって浄（きよ）められ、より良き再生につながると信じている河。妻も何かによって運ばれていったのか」と思い、河に向かって妻に呼びかける場面である。

インドで妻の思い出はかつてなかったほどに鮮烈によみがえり、自分と妻との縁は現世を超えてあるほどに強いものであることを自覚するようになる。そんな磯辺が、河に向かって妻の生前にはなかったほどに生々しい気持で「お前」と呼びかけえたことは、生れ変りの少女を求めて村や町に行ったときには実感できなかった、妻の確かな存在感を、この河に向かって強く感じているからであろう。河に「お前」と呼びかける磯辺は、もはや無宗教の合理主義者ではなく、肉体の死を超えて生きる妻のいのちを信じる宗教性をもっている。

この後、磯辺の内心が「生活と人生とが根本的に違うことがやっとわかってきた。そして自分には生活のために交わった他人は多かったが、人生のなかで本当にふれあった人間はたった二人、母親と妻しかいなかったことを認めざるをえなかった」と吐露される。生活が日常の表層意識の次元であるとするならば、人生とはその意識下と深く関わる次元である。磯辺の無意識の奥に深く刻まれ、そこに今なお生きてその深みから彼を揺り動かしている人間は、母親と妻であった。

本作の最後の場面で、磯辺は自分のなかに妻が転生していることを告げられる。転生した妻を求める旅は、自分の無意識の根底に通じる母なる「深い河」への旅でもあったのである。

江波の言葉

印度を御旅行になった以上は……ヨーロッパや日本とまったく違った、まったく次元を異にした別世界に入ってください。いや、違いました。（中略）我々は忘れていた別の世界に今から入っていくんです。

元印度留学生の添乗員の江波がヴァーラーナスィの町に向かうバスのなかで、印度人は今の時代に輪廻転生（りんねてんしょう）なんか本気で信じているんですか、と軽薄に嘲笑（ちょうしょう）する日本人ツアー客に向かって語る言葉。

ここで、「現代の日本とまったく次元を異にした、我々日本人が忘れてしまった別世界」とは、この世界をもう一つ別の次元から包含するような大きな母なるものの愛が失われることなく、生き生きと息づいている世界がこのガンジス河のほとりの聖地ヴァーラーナスィには現前するということを示していよう。実際に江波は、ヴァーラーナスィの町につくと、ヒンズー教の女神たちの像が地下にある寺に一行を案内し、女神チャームンダーが蠍に噛まれ、ハンセン病を病み、飢えに耐えながら子供たちに乳を与える像を見せて、これは印度人の病苦や飢えや痛み、すべての苦しみを共にして苦しんでいる印度の母なる女神であると説く。さらに、この母なる女神のイメージと重ねるように、一行をガンジス河に案内して、この河は生ける者も死せる者も受け入れる母なる河であると説明する。

遠藤は「『ガンジス』で考えた生と死、そして宗教」の中で、自分を最後に受け入れてくれる母を持つインドの人々の幸せに比べて、最後にどこへ流されればよいのかわからない日本人はなんと不幸かと述べ、日本人には生活の設計図はあるが、かつてあった人生の設計図は失われ、生活の勝利者にはなったが、人生においては敗北者となったと語っている。

美津子の祈りの言葉

信じられるのは、それぞれの人が、それぞれの辛さを背負って、深い河で祈っているこの光景です（中略）その人たちを包んで、河が流れていることです。人間の河。人間の深い河の悲しみ。そのなかにわたくしもまじっています

本作の最終章で、ツアー客の一人、サリーに身を包んだ美津子が母なるガンジス河に体を沈め、「本気の祈りじゃないわ。祈りの真似事（まねごと）よ」と自分で自分に弁解しながらはじめた祈りが本物の祈りになる場面の言葉。それは、美津子が、視線の向うのゆるやかにまがる河に光がきらめき、永遠そのもののようだと感じながら「人間の河のあることを知ったわ。その河の流れる向うに何があるか、まだ知らないけど。でもやっと過去の多くの過ち（あやま）を通して、自分が何を欲しかったのか、少しだけわかったような気もする」と内心を告白した直後の祈りである。

美津子は頭ではなく体全身で祈り、無意識の奥にある本当の自己からの促しに素直

に身をまかせることで、人間の河、人間の深い河の悲しみがあることを心から信じられる思いにいたっている。このガンジス河のほとりで次第に、それぞれの人がそれぞれの心の劇をもち、それぞれの人生の辛さを背負っていることを知ってきた美津子が、ここでそれを確信し、その中に自分もまじっていると自覚することで、人間の深い河の悲しみの連帯というべき思いをもつにいたっている。それによって今まで他者とは孤絶の状態にあった美津子の魂は、他者とのつながりを回復すると共に、その他者も自分もまじっている人間の深い河の悲しみをつつみこんで流れる、より大きな母なるものとのつながりをも回復している。それこそが美津子の「過去の多くの過ちを通して、自分が何を欲しかったのか、少しだけわかった」という魂の渇望していたものであろう。それによって美津子は自分の過去の多くの過ちも無駄ではなく、それを知るために今日までの人生のすべてが必要であったことを実感している。

大津の言葉

これで……いい。ぼくの人生は……これでいい

最終章の「十三章　彼は醜く威厳もなく」で、写真撮影は厳禁されている火葬場の遺体を写した若いカメラマンの三條に遺族たちが激昂したため、神父の大津は一人飛びだしてその前に立ちはだかり、なだめようとして暴行を受け、川岸に設けられているガートの階段を転げ落ち、首の骨を折る。血まみれの大津の姿は、十字架上のイエスと重なり、人間の罪のために流された子羊の血のイメージを喚起させる。

ここで、大津が死を覚悟した最後の言葉は、この世的には挫折と失敗の無力な一生であっても、自分の心には決して嘘をつかず、心の底から信頼するもののために生きた自分の人生に対する納得のいく思いからのものであろう。それは、イエスが十字架の上で息を引き取るとき「すべては成し遂げられた」といって自らの霊を神の御手に返された姿と通じる。またそれは、まだ神父になる以前にガリラヤから美津子に宛てた手紙のなかで「現代の世界のなかで、最も欠如しているのは愛であり、誰もが信じ

ないのが愛であり、せせら笑われているのが愛であるから、このぼくぐらいはせめて玉ねぎのあとを愚直について行きたい」と願った生き方の成就であった。

本作の最後で美津子たちは帰国のために空港に向かうバスをカルカッタで待っているとき、マザー・テレサの修道女たちが泡をふいて倒れている老婆に近づき、ガーゼで顔をふく姿を目にする。

以前に大津からイエスの転生の話を聞いたときには別世界の話のようでわからないと言っていた美津子が、昔々に亡くなったイエスが、二千年ちかい歳月の後も、今の修道女たちのなかに転生し、大津のなかに転生していることを実感する。そして大津の状態が気になる美津子が、添乗員の江波に病院に問い合わせてもらい、「危篤だそうです。一時間ほど前から状態が急変しました」との言葉を受け取る所で小説は幕を閉じる。

本作は、磯辺の妻の死の宣告に始まり、大津の死が差し迫っていることが告げられる言葉で結ばれる。この最後の場面で「奥さまは磯辺さんのなかに」「確かに転生していらっしゃいます」と告げる美津子が、今度は自身がこの後訪れる大津の死と向き合うことになる。

イエスが愛のために生き、この世的には屈辱と挫折の一生を送り、一見無力な姿で死にながらも、その後弟子たちの心のなかに生きつづけ、弟子たちを変えていったように、たとえここで大津の生は閉じても、愛の働きであるイエスに愚直に従った大津は美津子の心のなかに生きることが暗に示されていよう。

大津の手紙の言葉

神とはあなたたちのように人間の外にあって、仰ぎみるものではないと思います。それは人間のなかにあって、しかも人間を包み、樹を包み、草花をも包む、あの大きな命です

南仏の修練院から美津子に返信した大津の手紙の言葉。美津子は大学時代に神を信じている大津への関心から付き合い、神を棄てさせた後、自分が大津を棄てる。結婚後、再会し文通をしていた。その大津が神父となって印度のヴァーラーナスィにいることを知って探しに行き、ホテルで持参した手紙を読んでいる。この言葉は、大津が自分のなかの日本人的な感覚から、意識的で理性的なヨーロッパのキリスト教に違和

感を感じ、それがあまりに明晰で論理的なために、東洋人の自分には何かが見落とされているように思え、苦痛さえ感じるなかで、リヨンの修道院の先輩に「お前にとって神とは何なのだ」と問われて応えたものである。

遠藤は、大津のモデルが井上洋治神父であると明かし（「東京新聞」）、執筆中に井上神父の思索的自叙伝『余白の旅』を読み返したことを日記に記している。ここでの大津の言葉は、遠藤が「神は対象化しえない（井上洋治）」というエッセイにおいて紹介した井上神父の言葉とほぼ重なる。遠藤はそうした井上神父の思想の一端を紹介するのは「彼の本を読むたびに私は神父の考えの背後に次の世紀の足音をきくから」と述べている。それゆえに、遠藤の二十一世紀への遺言ともいえる『深い河』の大津にその思想が託されたのであろう。遠藤はエッセイ「二十世紀宗教の限界を越えて」のなかで「宗教をこれほど人々が希求する時代はないにもかかわらず、宗教が現代を支えられぬままになっているのが二十世紀の宗教である。だがやがて必ずそれらすべてを支えるものが生まれてくる」と希望を語るが、大津の生きる宗教にそれが込められていよう。

ちなみに、井上神父の本でここにあげた言葉が語られているのは、講演録『人はなぜ生きるか』の「私にとっての神」であるが、遠藤はこの本を「日本人の彼にとってイエスとは何であったかを借りものでなくて自分の汗と脂とで織った思索をみせながら話しているのである。だからこの本には嘘がない」と推薦している。

また遠藤は『私のイエス』でも最後に井上神父の『日本とイエスの顔』を薦め、遠藤の同名エッセイ「日本とイエスの顔」で、この本は自分にとって「大きな慰め」「強い支え」「自分の『沈黙』や『死海のほとり』『イエスの生涯』の裏づけとなる神学的理論をこの本の随所に見出す」と述べている。

■戯曲の名言

□『善人たち』

開戦直前にアメリカへ留学した日本人神学生と彼を家庭に迎える牧師補トムを主人公に、現代まで通じる差別、分断、憎悪、格差などを鮮やかに描き出す表題作。小説版の三十年後の主人公が登場する「戯曲　わたしが・棄てた・女」、劇的きわまる時代物「切支丹大名・小西行長」など作家が最も充実した時期に書かれた戯曲集。

姉ジェニーの言葉

その代り神さまは奇蹟など当にしない苦しみから、現実のどうにもならぬ限界から、話しかけてくださることがわかったの。さあ、安手のキャンデーのような同情や説教はやめて頂戴。

「善人たち」『善人たち』

牧師補のトムが「ぼくは姉さんのため、毎日、祈っているよ」と言ったのに対して、ジェニーが「そんな祈りは神さまは聞いてくださらないわ」と言う場面で語った言葉。ジェニーはもともと幼い頃から教会に熱心に通っていたが、息苦しくなって飛び出した放蕩娘であった。これは、ジェニーの赤ん坊が病気になり、必死に神に祈るが、結局は死んでしまうという苦しい体験を経ての言葉である。

この劇のなかでは最も苦しんだジェニーが神の語りかけを受け取っている。さらにジェニーが、その神の愛を知るのも「深い痛手をおい、よろめき、火傷を受けて少しずつ憶えるものなのよ」と語る言葉により、辛い体験から神の愛を知っていったことがわかる。

妹キャサリンの言葉

兄さんは自分の善意や理想主義が相手をどんなに重くし、どんなに傷つけるかを、考えたことがあるの。一度でも。ジェニーがその犠牲者よ。

「善人たち」『善人たち』

トムは、姉のジェニーが子供の手術代のために肉体を売ろうとした行為に対して、恥ずかしくないのかと責め、家から出ていくように命じ、ジェニーが部屋から出ていった場面で、妹のキャサリンがトムに言った言葉。続けて「わたし、そんな兄さんが嫌いだわ。何も考えずに自分の善意に陶酔している兄さんが」とも訴えている。

このトムの善意の問題は、遠藤のフランス留学中からのテーマである。「善魔について」(『よく学び、よく遊び』『全集十三』所収)の中で、モームの『雨』の主人公の、娼婦の悲しさも辛さも理解できない、ただ娼婦という女の罪におののき、その罪を自覚させることが自分の義務だという信念にかられる基督(キリスト)教の牧師を例にあげ、「一人よがりの正義感や独善主義のもつこの暗さと不幸は今日、私たちの周りで、さまざまな形で見つけられる。我々はそのような人を善魔とよぶ。時には善魔たちが私たちに与える迷惑や傷は、それが大義名分の旗じるしで行われるだけに、ほかの迷惑や傷より大きく、深い場合さえある」と説明する。そして「善魔」の特徴を、「自分以外の人間の悲しみや辛さがわからないこと」と「他人を裁くこと」と述べ、「裁くという行為には自分を正しいとし、相手を悪とみなす心理が働いている。この心理の不潔さは自分にもまた弱さやあやまちがあることに一向に気づかぬ点であろう。自分以外の世界をみとめぬこと、自分の主義にあわぬ者を軽蔑(けいべつ)し、裁くというのが現代の善魔たちなのだ」と説いている。

■講演の名言

□『人生の踏絵』

『人生の踏絵』の言葉

小説家は大説家ではない。われわれ小説家は、みなさんと同じように人生がわからないでいて、人生に対して結論を出すことができないから、手探りするようにして小説を書いていっているのです。

「人生にも踏絵があるのだから」『人生の踏絵』

『沈黙』刊行三か月後に行われた講演で、『沈黙』が偉い神父などから神学的な批判を受けることに対しての言葉。これに続いて「小説家は迷いに迷っている人間なんです。暗闇の中で迷いながら、手探りで少しずつでも人生の謎(なぞ)に迫っていきたいと小説を書いているのです」とも語る。

実際に遠藤の日記を読むと、生涯にわたって暗中模索し迷いながら懸命に生きる自分を凝視し、人生の謎に迫ろうと苦悩している姿がうかがえる。

最晩年の『「深い河」創作日記』（講談社文芸文庫）においても「七十歳近くになっても私の人生や信仰の迷いは、古い垢（あか）のようにとれない。その垢で私は小説を書いているようなものだ」とある。

『人生の踏絵』の言葉

人生が魅力あるもの、美しいもの、キラキラしたものではないからこそ、われわれは捨ててはいけないと思うんだ。捨てるというのは、自殺したり自暴自棄になったり、いろんな形がありますよ。そんなふうに人生を放棄しちゃいけない。

「人生にも踏絵があるのだから」『人生の踏絵』

この言葉に続いて、遠藤は、人生を捨てないことを、イエスの生き方と結びつけて、「私が聖書の中で一番好きな点は、イエス・キリストが魅力のあるもの、美しいものを追いかけて行くところが一ページもないことです。イエスは汚いものとか、色あせたものにしか足を向けなかった。当時の社会で最も卑しめられていた娼婦やひどい病気に苦しむ人などと会ってはきちんと慰めてあげた。娼婦という言葉がみなさんと縁遠いなら、人生とか日常生活などに置き換えてもいいと僕は思う。みんなの日常生活の苦しさや悲しさや煩わしさをイエスは背負って、自分の十字架にして、それを最後まで捨てなかったというところが私には非常に感動的なんだ」と語っている。遠藤にとって「イエスに倣いて」生きるとは、どんなに苦しみや悲しみを背負っても最後までその人生を捨てないで、抱きしめ生きることであった。

『人生の踏絵』の言葉

抑え込まれている自分、外面ではない自分、道徳や世間や社会から否定される自分こそが、神や仏が語りかけよう、助けよう、愛そう、抱きしめようとする対象ではないか。

「本当の『私』を求めて」『人生の踏絵』

悪の問題と老いの祈りを込めた長篇『スキャンダル』をめぐって、刊行四か月後に行われた講演の言葉。

『スキャンダル』は私小説の形式とミステリーの形式を使って理屈や合理主義の背後

にあって人間の心の奥底にある魂と呼んでもいい、最も神秘的なものを表現した小説で、その世界へ読者を引き込もうとしたと自作を解説する。

その上で小説を読みながら、四つの問題を考えることを提示するが、これはその四つ目。「自分しか知らない自分、自分も気づかない自分こそ本当の自分ならば、そこに働きかけてくるのが宗教ではないか。道徳的に正しいことをする、世間から褒められることをする、というのも大事なことだけれども、神や仏にとっては、そんなことはどうでもいいのではないか」とも述べているが、キリスト教作家として人間を凝視する遠藤にとって宗教とは何かが、嚙み砕いてわかりやすく語られている。

■対談の名言

□『人生の同伴者』

本書は、遠藤の日本におけるキリスト者作家としての孤独な闘いの最も良き理解者であった、キリスト者の批評家佐藤泰正（やすまさ）を聞き手として、三日間にわたり遠藤が自らの文学とその背後にある生涯と信仰の問題をめぐって、自己の生い立ちから『深い河（ディープ・リバー）』執筆中の心境まで語りつくした対談録。

『人生の同伴者』の言葉

日本の作家は、日本をちゃんとつかんで書かなくちゃならないと同時に、外国の人が読んでもこれは私の問題であるというふうにおもうような小説を、願わくは私を含めて書いていくべきです。

この対談の最後に、『深い河（ディープ・リバー）』執筆中の遠藤が、世界文学を話題にしながらこれからのグローバルな時代の作家の仕事について聞かれ、応えた言葉。これに続けて「それは何かというと、結局は人間の〈根源的な〉問題だとおもいます。いわゆるテクニックとかそういう問題ではなく、人間をその人がどこまで掘り下げたかということで、これは〈根源的な〉問題で私は共通だろうとおもいます。そういう意味で〈根源的な〉問題を深めていくためにユングも役に立ったし、文化人類学も役に立ってくれたし、さまざまなものが全部、世界の共通のテーマを出してくれました。そういう〈根源的な〉ということが、私はグローバルということだとおもいます」と語っている。遠藤は、キリスト教の信仰を生きるという問題において日本人である自分の存在の根っこを深く掘り下げ、最終的に人間存在の根源に通底する宗教性に触れるグローバルな世界に開かれていく。それは『深い河（ディープ・リバー）』の中心テーマとなって、マザー・テレサの根源的な開かれた宗教性と相通じる主人公大津の、イエスの愛に愚直に従って生きる宗教性に託されている。

神は沈黙しているのか

キリシタン禁制の厳しい日本に潜入したポルトガル人司祭ロドリゴは、日本人信徒たちに加えられる残忍な拷問と悲惨な殉教のうめき声に接して苦悩し、ついに背教の淵に立たされる……。

『沈黙』は間違いなく遠藤周作の代表作といえるでしょう。しかし衝撃的な内容により、信徒に読むことを禁じた教会もありました。

遠藤周作はなぜこの作品を書いたのでしょうか。遠藤に三十年寄り添った加藤宗哉氏が明かす創作秘話と、マーティン・スコセッシ監督作『沈黙―サイレンス―』(二〇一七年日本公開)に出演した、イッセー尾形氏と塚本晋也氏の対談をお届けします。

『沈黙』のすべて

加藤宗哉

『沈黙』の作家、という貌（かお）

たとえば「あの『日はまた昇る』の作家」とヘミングウェイを呼ぶように、あるいは「あの『ボヴァリー夫人』の作家」とフローベールを呼ぶように、おそらく遠藤周作の場合は「あの『沈黙』の作家」ということになるのだろう。いや、他の作品のほうが好き、という意見も勿論（もちろん）あるだろうが、代表作が何かというより、作家を飾る言葉としてはやはり『沈黙』がもっとも坐（すわ）りが良さそうだ。そう――、遠藤周作はこの小説を発表した四十二歳の終りから「『沈黙』の作家」となり、同時に「狐狸庵（こりあん）センセイ」として白ヒゲを付け、杖（つえ）をひき、硬軟二つの貌を使いわけて新たな作家人生を歩みはじめた。

遠藤周作を初めて間近に見たのは、『沈黙』が出た翌年のことである。私は「三田文學」で走りつかいをする学生だったが、その編集部にある日、遠藤周作は予告どおり現れた。ドアを荒々しく開け、白いハーフコートのベルトをほどき、

「今日から、一年の期限つきで編集長をやる」

声にドスがきいていた。黒縁の眼鏡の奥から、睨(にら)みつけるような視線が刺さる。

それはしかし、我われが期待していた出会いの光景とは違っていた。だから思わず、私は手にしていた模造紙をそっと背中へ隠した。そこには、赤や青のマジックで「歓迎、狐狸庵センセイ！」と書いてあったのである。新編集長が現れたら、それをパッと開いて、笑顔をひきだそう――。

だがそんな幼稚な企(たくら)みを撥(は)ねつける厳とした気配が、その小説家の周囲には立ちこめていた。……『沈黙』の作家、と私は心のなかに言葉をなぞりつけた。そして以後も、編集室に現われるときの作家は、取りつく島がないほどに厳かで、怖(おそ)ろしかった。

「低迷する雑誌にカンフル剤を打つ。ええか、目指すは完売や。完売」

当時、「三田文學」の発行数は八百部ほどだったろうか。それでも返本は毎月運びこまれ、編集所内にはそれが山と積み上げられていた。このままでは休刊……だからこそ、まずは完売、完売だと号令を掛けたのである。だが、編集長は言い間違った。

聞こえてきたのは「かんばい」ではなく、

「ええか、目指すはカンパイや、カンパイ」

作家ともあろうものが……と思ったものの、もしかするとそれは、やがて訪れる完売の日の乾杯なのかもしれないと、どこか感服したような気分にもなって、その日から我われはとにかく暇さえあれば編集室に過ごすようになった。週に一回やってくる編集長は相変らずコワモテだったが、たとえば夜、街の飲み屋に連れていってくれるときには、茶碗(ちゃわん)を箸(はし)でたたいてダミ声を張りあげ、「どっかから銭(ゼニ)コが落ちて来んかいなァ」とお道化(どけ)る、あの狐狸庵センセイに変じていたのである。

ずっと後のことになるが、その「三田文學」の編集を担当することになった何年目かに、「昭和文学ベストテン」(二〇〇七年秋季号)というアンケート付きの特集を企画したことがある。結果、『沈黙』はプロの作家・編集者たちからの回答(百十二通)では第二位(ちなみに一位は大岡昇平『野火』)であり、また読者からの回答(二百十五通)では第一位(二位は三島由紀夫『金閣寺』)であった。遠藤周作が三田(慶應)と縁の深い作家であったにせよ、『沈黙』が時代を超えて支持されたことは間違いない。

つい先日、『沈黙』の版元(新潮社)へ訊(き)いてみた。たまたま一週前にも版が重ねられたそうで、『沈黙』文庫版の総発行部数は現在、二百十一万三千(二〇二二年十一月)だという。単行本(八十万部)、改装版、全集と合わせると、優に三百万部を超える。

〝神と信仰〟をテーマとした小説がこれほどに売れていいものか……と疑うほどだが、当時も今も、この作家の本は何しろよく売れたのである。だからかつて遠藤周作は、友人の阿川弘之に電話をかけ、

「君は相変らず仕事を怠けて、吉行（淳之介）と花札ばかりしておるのか。ボクなどはマジメに働いたから、輪ゴムで縛った再版通知書を茶托（ちゃたく）がわりにして、玉露を飲んどる」

そう威張ってみせたが、あれは〝神と信仰〟の小説までが売れてしまったことへの、いかにも狐狸庵流の照れかくし、、、だったのかもしれない。

母と息子――後ろめたさの理由

ではなぜ、硬いテーマを扱っても遠藤周作の本は多くの読者を捉えたのか――。

よく語られるのは、遠藤文学がたとえば『沈黙』のキチジローに代表されるような「弱者」を主人公としていることだろう。かつて一九六〇年代、学生運動に挫折（ざせつ）していった若者たちは、自分の意志からではなく踏絵に足をかける登場人物へみずからを重ねた。そして、そういった裏切る人びとを赦（ゆる）すイエスに〝母の優しさ〟を見た。

しかし、それだけだろうか。あるいはもっと大事な要素――たとえば時代や場所を

超えて人間の心を揺する〈物語〉というものがあるとすれば、それを遠藤周作の文学が持っていたからではないか、と私は遠藤周作の没後、いつからか思うようになっている。

*

小説はほとんどの場合、個人的な事情から生れる。思想や論理からは生れない。遠藤周作の場合、「病弱であったこと」「母親への愛着と疚しさ」が作品に強く影響したことは、多くの批評が指摘する。子供の頃からずっと劣等生であり、問題児であった。教科書を読めと教師から名指しされると、立ち上がりはするものの、いつまでも読みださない。なぜ読まぬ、と咎められると、「黙読してますねん」と答えた。

また、家庭のなかも不和であった。父親は赴任先の中国・大連で若い女性と恋愛事件を起こし、それもあって両親は周作が十歳のときに離婚した。母に連れられて帰国した周作と兄は、以来、神戸で育ち、その母がキリスト教に入信して、兄弟も言われるままカトリックとなった。神を信じたからではなく、母が信じなさいと言ったから、洗礼を受けたのである。父親から棄てられた母が可哀そうだから、言うとおりにしたのである。

旧制中学を劣等生のまま終えた周作は、三年におよぶ浪人生活を送ったのち、東京の慶應義塾大学に合格した。だが学費と生活費の両方は母では賄えず、兄弟は相談して東京の父親の家に暮すことを決める。おそらく、と誰もが想像する。たとえば夕食どき、二人の兄弟は、母を棄てた父親と、彼の新しい妻（かつての恋愛事件の相手）と食卓を囲んだだろう。このとき息子たちが、神戸でひとり食卓に向かう母を思わなかったはずはない。

しかし、劣等生・周作は大学でフランス文学に出会ったことで、豹変した。母から押しつけられたキリスト教は、いまや自身の最大のテーマとなり、卒業後は「現代カトリック文学」研究のためフランス・リヨンへ留学した。そして二年八カ月後に帰国すると小説を書きはじめ、まもなく芥川賞を受賞して作家の道を歩みはじめる。

ところがこのとき、母親はすでに此の世にいなかった。留学から帰った年の暮れ、母は脳溢血で突然に世を去っていた。まだ五十八歳だった。息子は、

——何の親孝行もせぬまま母を死なせた。

と悔いる。だから芥川賞を取ったあと、妻と子を連れて温泉旅行へ出かけたときも、「母親にはとうとう何もしてやれなかった。それなのに自分はいまこんな贅沢をしている」

と自分を責めた。

じつは遠藤周作没後まもなく、東京の町田市民文学館に寄贈された蔵書のなかから、数枚の写真が発見された。母親の臨終直後の写真である。誰が撮ったのか不明だが、写真のなかの母親はあきらかに苦痛で顔をゆがめている。それはたとえば、スイスのバーゼル美術館にあるハンス・ホルバインの画「キリストの遺骸」を思い浮かばせる。そこに描かれるのは、ドストエフスキーが『白痴』のなかで、こんな画を見たら信仰をなくす者さえいると書いた、傷んだイエスの無惨な遺体である。

あるいは遠藤周作のなかで、このときもイエスと母が重なったかもしれない。苦悶のうちに母親を死なせてしまったという悔いが、息子には強い。だから息子は、この写真を本棚の奥の、もうあまり引き出すこともない原書のなかへ閉じ込めた。そして一心に小説を書きはじめた。しまい込んだ写真の代わりに、ヴァイオリンを持つ若い母の、微笑を浮かべる写真を額に入れ、それを書斎の机の上に、旅に出るときは旅行鞄のなかに、夏には山荘の食卓に、闘病生活では枕元へ、かならず置いた。

入院生活が『沈黙』を生んだ

遠藤周作は三十代後半、結核再発で二年二カ月におよぶ入院生活を送っている。この療養生活が、結果として『沈黙』を生む。

病室での時間は余るほどだったが、病状は楽観できず、とくに三度目の手術は生還率が五十パーセントを切るほどだった。

「見送ってきた妻とも別れ、手術場の厚い扉がしまった時、これがこの世の見おさめだなという気がおそってきた。／その瞬間、私は始めてと言っていいほど口惜しい思いで自分の小説のことを思いだした。ああ、書きたいなあと思ったのである。手術中、心臓が何秒か停止し、私は仮死したそうだが、悪運つよくまた生きのびられた」（「初心忘るべからず」）

書きたいなあ、という言葉が痛切だが、書きたかったのは「日本人にとってキリスト教とは何か」である。

「今度の病気のあいだは照れくさいことながらやはりカミサマのことばかり考えつづけてきた」（同前）というように、病床で自分の信仰と向き合い、また、日本の切支丹（キリシタン）時代の資料も調べはじめていた。そして、もし生きて還（かえ）ったら今度はなんの遠慮もせず、書きたいものを書いてやろう――具体的には、教会の歴史から消し去られた棄教神父たちを書きたい、と思った。

退院したとき、遠藤周作は三十九歳になっている。自宅を郊外の町田市玉川学園に移し、新築の家の書斎を「狐狸庵」と称した。ここに作家・遠藤周作の再生がはじまる。芥川賞を取ってから九年目のことだった。

新潮社の書下ろし長篇『沈黙』の完成は、退院から四年後である。取材先の長崎で見た一つの踏絵――、踏んだ人間の足指の黒い痕（あと）までがのこった踏絵が、作品を書かせたといっていい。小説のクライマックス・シーンは、主人公の若い司祭ロドリゴが、その踏絵に足をかける場面である。

踏絵は今、彼の足もとにあった。小波（さざなみ）のように木目が走っているうすよごれた灰色の木の板に粗末な銅のメダイユがはめこんであった。（略）司祭は両手で踏絵をもちあげ、顔に近づけた。人々の多くの足に踏まれたその顔に自分の顔を押しあてたかった。踏絵のなかのあの人は多くの人間に踏まれたために摩滅し、凹（へこ）んだまま司祭を悲しげな眼差しで見つめている。その眼からはまさにひとしずく涙がこぼれそうだった。（第「Ⅷ」章）

「黎明（しののめ）の」とはじまるこの棄教場面を、作者は「誰かに背中を押されるように」して書いたという。自分ではない誰かが、腕と背中を押して書かせてくれた。

司祭は足をあげた。足に鈍い重い痛みを感じた。それは形だけのことではなかった。自分は今、自分の生涯の中で最も美しいと思ってきたもの、最も聖らかと信じたもの、最も人間の理想と夢にみたされたものを踏む。この足の痛み。その時、踏むがいいと銅版のあの人は司祭にむかって言った。踏むがいい。お前の足の痛さをこの私が一番よく知っている。踏むがいい。私はお前たちに踏まれるため、この世に生れ、お前たちの痛さを分つため十字架を背負ったのだ。

こうして司祭が踏絵に足をかけた時、朝が来た。鶏が遠くで鳴いた」（同前）

江藤淳の批評と〝母〟

この小説に、誰よりも早く〝母〟のイメージを見たのは、批評家・江藤淳だった。校正刷りで『沈黙』を読んだ江藤は、新聞に書いた。

「踏絵のキリストは、私には著しく女性化されたキリスト、ほとんど日本の母親のような存在に見える」

もちろんそれは、ロドリゴの足元に置かれる銅版のなかのキリスト、そしてもう一人の主人公ともいえるキチジローが幾度も踏むキリストを指しているが、江藤は「母」についてはこんなふうにも指摘している。

セバスチャン・ロドリゴというポルトガル風の名前をあたえられている「私」が、実はヨーロッパ人でもなければ「父」なる神の司祭でもないことは明瞭である。「私」はつねに「母」を問題にし、「父」をその世界から排除しようとしている。「父」が「沈黙」させられているのは、最後に「母」に「踏むがいい」という一語を発せさせるためである。つまり「沈黙」をつづける「父」は敗れ、「踏むがいい」といって「私」を赦す「母」が最後の勝利をおさめる。作者がこのことを明晰に意識して書いているかどうか私は知らない。

（『成熟と喪失―〝母〟の崩壊』）

知らない、と言うが、こういう指摘がじつは小説家の胸をえぐるのである。その証拠に、かつて遠藤周作は「三田文學」の学生たちに次のようなことを言った。
――批評家と小説家のひとつの理想的な関係が、江藤の『沈黙』評にはあった。
さらに、エッセイでも告白している。

　こういう言葉を使うのは氏にとって甚だ失礼だが、私自身、たとえば『沈黙』という自分の小説について氏の批評から「犯された」という感情をまず感じた。犯されたというのは、いわば衣服を剝がれて、ひそかにかくしているものを見られることである。つまり作者が意図したもの（つまり作者が百も承知していることの）解説や議論ではなく、作者が無意識のうちに持っているもの——そしてその無意識のうちに持っているものこそ作品の原動力になっているのだが——に刃を入れ、えぐり出し、それに言葉を与えたということである。それは（略）私に感動と共に快感さえ与えた。

（「江藤氏と一つの作品」）

批評に犯され、しかし感動と快感をおぼえた小説家が、みずからの無意識を指摘され、そうか、そういうことだったのか……とうなずく。そして、「自分の内面のもっとも隠蔽していたものに今、光があてられた」と明かした。

　こうして遠藤周作の文学に、絶対の核ともなるテーマが打ち立てられる。時代を超えて人の心を惹きつける、〝母なるキリスト〟である。

禁書騒ぎ――批判に反駁する

ベストセラーとなった『沈黙』を、だが日本のキリスト教会の多くが攻撃した。ひとりの神父はミサのなかで「この小説を読まぬよう」と言い、また日本の一部の教会は〝禁書〟に指定した。さらに、それから何年かが経った日には、長崎市外海にある『沈黙』の文学碑に多量のペンキが掛けられていた。

批判の理由は、おそらく次のようなことである。

「神父は棄教などしない」

「踏絵に足をかけるのは、信仰が弱いからだ」

あるいは、

「転ぶ（棄教する）ことを前提にした信仰など成立しない。……それなら殉教していった者はどうなる」

湧きあがる批判に答えるために、この時期、作者は東奔西走していた。しかしほとんど孤立無援だった。畏友・井上洋治（司祭）や、ひと握りの聖職者たちの援護はあったものの、彼らは教会での立場上、遠藤文学の「転び」を大っぴらに擁護するわけにいかなかった。

それでも、踏むがいい、という神は魅力的だった。

お前のその足は痛いだろう、という声は人の心を揺すった。

「そんなものはキリスト教ではなく遠藤教だ」と否定されようと、踏絵のなかのイエスは、弱い者、苦しむ者の傍から離れることはしない。そしてこのとき、見つめるイエスからは、まさに一滴の泪がこぼれるのである。

なぜともなく私は、日本人にもっとも人気が高い仏像の一つ、奈良・興福寺の阿修羅像を思う。三面六臂の像の正面の顔には、深い懺悔とともに哀しみの気配が色濃い。それを遠い昔、光明皇后が造らせたのは母への供養とされるが、一説には、一歳にもならないわが子を亡くしたゆえ、とある。

だからだろうか、阿修羅像の両の眼には、厚い泪袋が造られている。日本人の心を摑んで離さない少年のごとき阿修羅の貌には、下瞼に溢れるほどの泪が隠されているのだ。

自身が語る『沈黙』——長崎一九九二

『沈黙』の舞台・長崎へ遠藤周作が最後に行ったのは、あと五日で六十九歳の誕生日を迎えるという一九九二年三月のことである。まだ充分に健康で、歩く姿に、話す声に、しなやかさと力があった。いや、あったように見えたというべきだろうか。そのわずか半年後には、肝機能悪化を告げられて透析生活となり、やがて最後の闘病生活に入っていくのだから……。日記にも、こう書かれている。

「心身共に自信を失う。小説についても同様なり」（三月六日）

「小説」とは、最後となった書下ろし長編『深い河（ディープ・リバー）』のことで、原稿が遅々として進まず、挫折感に苛（さいな）まれる日々だったが、長崎まで出かけたのである。

もちろん、それまでに何度も長崎へは行っていた。何しろそこは『沈黙』の舞台、「自分の心の鍵（かぎ）がピタリと合う鍵穴を持った街」（『沈黙の声』）なのである。その旅へ私が同行できたのは、作者へのインタヴューという仕事が与えられたからだった。

「どんなことを訊いてもええよ」

出遭って二十五年、初めて面とむかって『沈黙』について訊くことができる。出かける前の東京での半日間、そして長崎での二日間、作家はかつての自作について、時に躊躇（ためら）いつつも、隠さずに語った。小説づくりにおける誤算や、後悔、そして沸きおこった批判に対する憤（いきどお）りまで。

1 神は沈黙していない

語られたのはまず、『沈黙』というタイトルへの躊躇いである。

当初、新潮社へ渡した原稿のタイトルは、「日向の匂い」だった。——人生がすべて裏目に出てしまった棄教神父（ロドリゴ）が感ずる、孤独の匂い。

しかし出版社が「迫力がない。売れない」と注文をつけ、「沈黙」への改題を提案した。結局、作家はそれを受けいれた。しかしそのために多くの読者が「これは神の沈黙を扱った作品」と受けとった。すなわち、作品中の「それでもまだあなたは黙っておられる」という言葉ばかりが読者の眼をひき、小説の最終節に置かれた「あの人は沈黙していたのではなかった。たとえあの人は沈黙していたとしても、私の今日までの人生があの人について語っていた」（Ⅸ章）という一節が、ほとんど顧みられることはなかった。

だから、刊行から四半世紀が経った日、作者は悔いる。

「今だったら、あのタイトルにはしないだろうな」

つくづくと、作家とは偏屈なものだと思う。国の内外を問わず、おそらくほとんどの読者が、この小説には「沈黙」（Silence：英語も仏語も表記は同じ）しかない、と言うにちがいない。神の沈黙と、教会の歴史から消された棄教者たちの沈黙——それらに声を与えるから『沈黙』なのだと。それなのに小説家だけが、あれはイヤだと首を振る。

2　「鶏が鳴いた」の誤算

二つ目は、主人公ロドリゴの棄教シーンについてである。

この若いポルトガル人司祭は、たしかに踏絵に足をかけた。小説のクライマックスといえる「Ⅷ」章終りの一節。

「こうして司祭が踏絵に足をかけた時、朝が来た。鶏が遠くで鳴いた」（傍点筆者）

じつはこの「鶏が鳴いた」には或る（あ）イメージがこめられていた。キリスト教文化のなかに育った者なら、かならずや新約聖書のなかの一つのシーンを思い浮べる。……

イエスが捕えられた晩、弟子のペテロが町まで様子をたしかめに行く。すると一人の女が彼を指さし、「たしかにこの人も、今日捕まったイエスと一緒にいた」と騒ぐ。するとペテロは「私はあんな人は知らない」と否（いな）む。そのとき、鶏が鳴く——という〝ペテロの否認〟。

ペテロは、「鶏が鳴く前に、あなたは三度わたしを知らないと言うだろう」と言われたイエスの言葉を思い出した。そして外に出て、激しく泣いた。

（マタイ26・75）

西欧の多くの作家、画家たちがこの場面をみずからの作品にした。ボードレールは詩に、チェーホフは小説に、レンブラントは絵画に、そしてバッハの「マタイ受難曲」はペテロが泣く場面で曲を結んだ。

遠藤周作もまた、『沈黙』以降の小説・戯曲の多くに、「ペテロの否認」を引用している。おそらく、この作家がもっとも好んだ新約聖書の一節なのだろう。激しく泣くペテロと、そのペテロへ向けられるイエスの眼差し、この対称形は遠藤文学における〝裏切り〟と〝赦し〟の原形となっている。

さらに、我われは思いださなければならない、その後のペテロがどのように生きたかを。三度、師を否んだこの弟子は、だが見事に再生してゆくのである。やがてローマに最初のキリスト教会を建て、初代の法皇となったのはペテロだった。そして、そこまでを含めて、作者が「鶏が鳴いた」と書いたと考えられるのだが、ペテロに思いを馳（は）せた読者はほとんどいなかった。

3　激怒するね、ぼくは

『沈黙』刊行直後に、よく聞こえてきた批判がある。

――ロドリゴが転んだのは、彼の信仰が本物ではなく、底の浅いものだったからだ。

この声に作者は憤った。烈しい拷問の末に転んだ人間の信仰が深いか浅いかを、その拷問を体験しなかった者が口にするべきではない、と。たとえば長崎奉行・井上筑後守は、切支丹の頭に血が溜まらぬよう耳の後ろに小さな穴を開け、汚物のうえに吊るした。血は少しずつ垂れ、それが何日もつづき、意識が濁り、ついには転ぶ。

「一瞬の苦しみなら人は耐えるだろう。だが、何日もつづく責苦に、果たして人は耐えられるのか」と作者は言う。「耐えきれなかった者を責めることなど誰にもできない。それなのに転んだのは信仰が浅いからだと言うのなら……激怒するね、ぼくは。苦しんだ人間への想像力がない、情愛がない」

あの長崎の日、作品執筆から早くも二十七年が過ぎたというのに、なお憤りを抑えなかったところに、この小説家の変らぬ優しさが覗くのである。

4　読まれなかった章「切支丹屋敷役人日記」

さて、次は少し厄介な個所になる。

踏絵を踏んだあと、小説は最終章へと移る。「岡田三右衛門（さんえもん）」という日本名と、日本人の妻を与えられたロドリゴは、長崎の街で監視を受けながら暮らしている。誰もが最終章と思うこの「Ⅸ」章の直後に置かれるのが「切支丹屋敷役人日記」なのである。

「大事な日記でね。だから工夫は凝らしたんだが、やっぱり読んでもらえなかった」

「日記」の古文調の文体と用語の難解さ、読みづらさもあって、読者の誰もが「巻末の資料」としか思わなかった。遠藤文学の研究者でさえ、「読まなかった」という。

もちろん、そのころ学生だった私が読むはずもない。

ではいったい、この日記のどこが大事だというのか。たとえば――、

延宝二年甲寅（きのえとら）
一、二月十六日、岡田三右衛門書物仕（つかまつ）り候に付き（略）……

岡田三右衛門＝ロドリゴが「書物」を書いたという記述が、この延宝二年の正月から六月までに三回出てくるのだが、作者によれば「書物仕り」は、「書き物をした」の意味だという。つまり、長崎から江戸へ移送されたロドリゴは、収容された切支丹

屋敷でじつは何度も信仰を取りもどしていて、そのたびに棄教の証文を書かなければならなかった。このことを作者は「切支丹屋敷役人日記」を使って示そうとした。

もうひとつ、「日記」はこんなことも伝えてくる。

　延宝四年丙辰(ひのえたつ)

　一、岡田三右衛門召連れ候中間(ちゅうげん)吉次郎（略）懐中の道具穿鑿(せんさく)仕り候処(ところ)、首に懸け候守り袋の内より、切支丹の尊み申し候本尊みいませ一、出(い)で申し候（略）

　……

キチジローの懐(ふところ)から切支丹の「本尊」が一つ出て来た、というのである。彼もまた信仰を取りもどしていた……。

じつはこの「日記」は、『続々群書類従(ぐんしょるいじゅう)』のなかの「査祆余録(さようよろく)」から抜粋したものであり、その一部を書きかえたことは、「あとがき」に記されている。

何を作者が書きかえたか。「査祆余録」に当たってみると、二つのことに気づく。

1　小説にある「岡田三右衛門」は、「余録」では「岡本三右衛門」である。

2　「余録」に「吉次郎」の名はない。「岡本三右衛門召連れ候中間」と記される人物の名は「角内」となっている。

資料の改竄（かいざん）というとやや大げさだが、じつはこの手法は遠藤周作が歴史小説を書くときにしばしば用いたもので、もともとロドリゴという宣教師など存在しないのである。ロドリゴのモデルはジョゼフ（ジュゼッペ）・キャラ（一六〇二〜一六八五）で、博多湾で捕えられて江戸の切支丹屋敷へ送られ、日本人男女二名が召使いとして働いたという記録が残っている。名をロドリゴとしたのは、キャラが歴史上の有名人物であり、「読者に誤解を与えてはいけない」と作者が配慮したからだという。

したがって、ロドリゴの長崎上陸も、山中放浪も、すべてはフィクションということになる。しかし彼が長崎で再会する恩師フェレイラは実在の人物であり、名もそのままにした。井上筑後守の拷問を受けて棄教したことも、後に日本人の名前を与えられたことも事実だから、実名にしておいても読者を混乱させることはない。ただ、フェレイラがロドリゴ（キャラ）と再会したあとの二人の問答は、むろん小説家の創作である。

念のために記しておくと、キャラ神父には幕府から命じられて執筆した三巻の書物が実際にあった。キリスト教についての解説書なのだが、それを読んだ役人が「キャラは信仰を戻している」と疑った（「査祆余録」）というから、執拗（しつよう）に尋問が繰りかえされたことも想像できる。そして、そのたびに棄教の誓約をさせられたのかもしれない。となると「書物」は三巻の著作を指すとも考えられるのだが……いや、そんなことは作者も勿論知っていた。知っていて、あえて歴史の〝事実〟とは違った〝真実〟を手繰りよせる、架空のロドリゴを生身の宣教師として生き返らせる、それが小説家の作業というものなのだろう。

戻って、ニューヨーク一九九一

長崎行きが遠藤周作の最後の国内旅行なら、国外への最後の旅行は、その十カ月前のアメリカ行きだった。

一九九一年五月、六十八歳の遠藤周作はニューヨークにいる。体調に問題はなく、長旅の疲れを見せないどころか、夜遅くまで騒ぎ、酒もかなり飲んだ。レストランやホテルのバーで、時にアリクイを真似て唇を突きだしたり、あるいは知合いの若い歌舞伎役者の声色をつかって、いつもと変らぬサービス精神を発揮していた。この旅へは私も、素人劇団「樹座」（座長は遠藤周作）の仲間数名とともに同行していた。

ニューヨークへ行ったのは、

「松坂君に、結婚祝いの昼飯をご馳走しよう」

と座長が言いだしたからである。女優・松坂慶子さんには以前、樹座の演出を引きうけてもらったことがあったが、じつは少し前に彼女がニューヨーク在住のギタリストと結婚し、暫しその地にとどまっていたのだった。

祝いの会場は、世界貿易センタービル一〇七階「ウィンドウズ・オン・ザ・ワールド」（こんな固有名詞まで書いたのは、それからちょうど十年後、このツインタワービルが「九・一一」の大惨劇の場となったからなのだが）、この店で座長は久しぶりに会う女優に上機嫌だった。そして翌日——、通訳兼秘書の女性だけを連れてホテルを出た座長は、二時間ほどで戻ってくると、

「いま、マーティン・スコセッシと会ってきた」

と言った。『沈黙』映画化についての契約を済ませたという。

どうやら、面会は東京を発つ前に決まっていたらしい。それでもニューヨークへ皆を誘う理由を、ハリウッドの映画監督との交渉ではなく、女優の結婚祝いとしたところが何とも遠藤流であった。

……しかし、結局、その日からいったい何年待っただろう。映画『沈黙』のクランク・インの報はいっこうに届かぬまま、やがて遠藤周作は七十三歳の人生を終えていた。映画の撮影開始を聞いたのは、あのニューヨークの日から二十五年が経とうとす

る頃である。

＊

映画の制作がはじまった頃、一人の日系アメリカ人画家から連絡を受けた。「エンドウの『沈黙』について、話がしたい」

映画撮影が行われる台湾へ行くらしいが、その帰途、日本へ立ち寄るという。彼はスコセッシ監督からの依頼で映画の製作アドヴァイザーを務めている。そして近々、遠藤文学に関する著書も上梓（じょうし）すると言った。名はマコト・フジムラ。

私は承諾し、夏の日の午後いっぱい、話しあった。彼を画家だと思っていた私の理解は、会話をはじめてすぐ、覆（くつがえ）された。それほどに遠藤文学への理解は深く、かつ正確であった。後に刊行された彼の著書『沈黙と美』（晶文社）からもそれは明らかである。

たとえば彼は言う。

「エンドウは痛みの作家」

千利休や長谷川等伯と同じに、犠牲や哀（かな）しみへ光を当てる。利休の「黒楽茶碗」が「犠牲の美」であるように、また等伯の「黒い月」が「悲哀の美」であるように、エンドウの『沈黙』もまた「痛みに射す光」なのだと。

あるいはまた――、彼はC・S・ルイスの言葉を引いて言う。

クリスチャンであることは努力に基づく旅ではない。信仰は、馬にもっとよく跳ねることを教えることではなく、馬を翼のある動物に変えてしまうようなことだと。

そのとおり――と、その日私たちは同意した。小説も絵画も、見えないものを人間の想像を超えたものに変えること、それを私たちはスコセッシ監督の映画に期待していた。

いったい監督がどんな翼をロドリゴに用意してくれるのか、とフジムラ氏と語り合いながら、私はふと考えた。たとえばあの「切支丹屋敷役人日記」に作者が込めた思いを、果してハリウッドの監督はどんな形で映像にするのだろう。

ラストシーンと、光の翼

映画『沈黙―サイレンス―』の日本公開は、二〇一七年一月である。

二時間四十一分におよぶ映画に、私はとにかく圧倒されていた。風の音・水の音・木の葉のざわめきが音楽のように響く画面、選りすぐられた俳優たちの台詞と表情、ピンと張られた糸のように緊張感に充ちた映像……。さらにその映画は、かつて原作者が憂えた問題、つまり神の沈黙も、ペテロの否認も、ロドリゴのその後も、それらのすべてを、完全に、と言えるほどに理解していた。

たとえば、踏絵を前にしたロドリゴが聞く「踏むがいい」という言葉も、監督はその日本語のニュアンスをほとんど正確に摑みとる。これまでの英語版（W・ジョンストン訳）にあった「！」付きの命令形、

——Trample！（踏みつけろ！）

はそこには無く、ロドリゴに聞こえるのはいまや穏やかで優しい口調である。

——It's all right……Step on me.（いいから……踏みなさい）

そして何より、美しいのはラストシーンだった。

火葬場へ運ばれる桶のなかのロドリゴの掌には、日本人の妻（犯罪で処刑された男の元妻）が秘かに握らせた粗末な十字架がある。それを手に、彼は火葬の炎に包まれていく。原作に限りなく忠実に映像をつないできた監督が、最後の最後で映画の特権を行使する。つまり、スコセッシが用意したのは、小説にはないシーンなのだ。

私の瞼の奥では、ロドリゴは光の翼を持っていた。「痛みの作家」と言ったフジムラ氏の言葉も浮かび、もちろんロドリゴだってそうだ、と私はひとり頷く。徹底的に打ちのめされた者だからこそ、烈しく痛んだ者だからこそ、やがて見えない一筋の光

が射す。

スクリーンでは光がロドリゴを包みこんでいた。彼はいま、汗ばむほど神に抱きしめられている、と私は確信する。……それから不意に、「このラストシーンを見せたい、先生に」と思った。

＊

一九九六年、聖イグナチオ教会で行われた遠藤周作の告別式には、四千人の読者が参列した。棺(ひつぎ)には、二冊の本が収められていた。最後の書下ろし作品『深い河(ディープ・リバー)』と、そして『沈黙』である。それが本人の遺志だったと、夫人はあとで明かした。

かとう・むねや
一九四五（昭和二十）年、東京都生れ。慶應義塾大学在学中、「三田文學」で遠藤周作と出会い、九七（平成九）年より「三田文學」の編集長となる。著書に『遠藤周作』など多数。

対談

スコセッシ監督の魔法

イッセー尾形×塚本晋也

すばらしいオーディション体験

マーティン・スコセッシ監督の『沈黙―サイレンス―』。原作は遠藤周作の代表作ともいえる『沈黙』。物語は、キリシタン禁制の江戸時代初期、日本で布教していたフェレイラ神父（リーアム・ニーソン）が棄教し、背教者となったという情報がイエズス会に入るところから始まる。それを聞いた弟子のポルトガル人神父二人、ロドリゴ（アンドリュー・ガーフィールド）とガルペ（アダム・ドライバー）が日本に潜入し、師を探し出そうとする。

物語前半のクライマックスが、神父をかくまった隠れキリシタンの村人が壮絶な殉教を遂げるシーンだ。その中の一人モキチ役を、映画監督の塚本晋也が演じている。そして物語全般に登場し、隠れキリシタンを弾圧し、神父たちに棄教を強要する長崎奉行の井上筑後守（ちくごのかみ）を演じるのが、舞台や映画で活躍中のイッセー尾形。劇中で重要な役割を演じた二人に、作品の魅力と舞台裏を語ってもらった。

*

――出演されることになった経緯を教えてください。塚本さんは俳優としてよりも、監督としてのほうが有名ですが。

塚本　僕はNHKで片言の英語を喋（しゃべ）る役を演じたことがあったのですが、それを見た方がオーディションを勧めてくださった。「誰の映画」と聞いたら「スコセッシ監督の映画」という。スコセッシ監督の大ファンでしたから、もう行くしかないと思いました。内容について尋ねたら、遠藤周作さんの『沈黙』だという。僕は日本文学を読むのは好きだったのですが、まだ『沈黙』は読んでいなくて、すぐに本屋さんに買いに行きました。読んでみたら、あまりに面白かった。

――それでオーディションに応募されたわけですね。

塚本　最初、小さな役のオーディションを受けたんです。その役だったら通るかもしれないと思って、思いっきり入魂で練習しました。オーディションを受けたら、キャスティングディレクターのエレン・ルイスさんが、僕を気に入ってくださって「あなたはモキチのほうをやってください」と。モキチのような重要な役を自分が演じるとは考えてもいなかった。それでまた思いっきり入魂でやったら、いい調子で通って、いよいよスコセッシ監督が来日して、オーディションとなった。スコセッシ監督が自らロドリゴの役をやって、モキチとのシーンを演じることになりました。スコセッシ監督は『タクシードライバー』（一九七六年）にも自ら出演しているように芝居が上手な方ですから、一緒に演じていると、自分もいい役者になったように感じられる。後で「あの良さって何だったんだ」って。ジャズのセッションって、こういう感じだろうなと思いました。そうしたすばらしい体験の後、受かったという経緯です。

尾形　僕は、ロシアのアレクサンドル・ソクーロフ監督の『太陽』という昭和天皇を主人公にした映画に主演したことがあります。その時の日本側のプロデューサー・清水一夫さんが「今度、スコセッシ監督の『沈黙』という話があるよ」と声をかけてくださった。それで井上という役のオーディションを受けることになって、台本の中から井上とロドリゴのやりとりが送られてきて、覚えたんですね。何回目かのオーディションの時に、監督さんが現われて、相手役のロドリゴをやってくれた。英語のニュアンス、発音とかは分からないから、全部自己流でした。けれど、知らない言語を自分の口から発すると、口が喜ぶというのがあるんですよ。それで、喜び勇んで監督さんとお芝居をすることができました。今、塚本さんがおっしゃったように、スコセッシ監督と芝居をすると、自然に自分をさらけ出してしまう。そういう不思議な方でした。

――塚本さんは特に信仰をお持ちではないので、役作りは苦労されたとか。

塚本　自分が特別な信仰を持ち合わせていないので、モキチの持つ純粋性を宗教という面から演じようとすると、迫真の感じにならないんです。何か他のものに置き換えなければいけない。ただ、そんなこと以前に、自分はスコセッシ監督のファンで、もうスコセッシ教ですから、そのためなら何でもできる。あと、二〇一四年に『野火』という映画を撮ったのですが、これが戦争を扱っている映画で、きな臭くなっている今の世界で次の世代の人たちがどうなるのか、そんな懸念から作ったところがあったんです。そういう次世代の子供たちの将来へ祈りを捧げるように演じると、かなり思い切って気持ちが込められる。それとスコセッシ教の二つを合わせ技にして信仰に代えたような形で、モキチを演じてみました。

――イッセーさんは役作りではいかがですか。

尾形　僕はわりときめ細かく演じるタイプなんですよ。「弾圧する」といったら、すごく大まかでしょう。では、「どのように弾圧するのか」といったら、少し狭まりますよね。そこを、もう一つ狭めていくのが僕の演技タイプなんです。そうなると、そこには「弾圧」という言葉自体が消える。そして、相手の息づかいとか、相手の視線とか、どの音を投げかけたら相手からどの音が返ってくるか、僕はただ瞬間瞬間の反応を楽しんで演じていくんです。でも、今回は英語で喋っていますから、その瞬間瞬間の効果を理解できないんです。もともと井上というのは、僕には届かない世界に住んでいる。井上は相手とコミュニケーションはするけど、それがどのようなコミュニケーションなのかは見えてこない人物です。

――井上は真意が見えないところがあって、コミュニケーションしている相手が不安になってしまうような役でした。

尾形　それは演じている僕にとっても同じなんです。英語が分からないけれど、コミュニケーションは成立している。非常に矛盾していますけれども、これが何といってもこの映画における僕の楽しみでしたね。ところが、アンドリューさんが、僕とは正反対に、非常に理知的でクールなロドリゴ役を作り上げている。屋敷のお白州で、役人たちの前に引っ張り出されるシーンがあるのですが、そこで「井上様に会わせてくれ」って叫び声を上げる。その時に感動したんです。「俺が井上なんだけど、井上で悪かったな」みたいな（笑）。初めてアンドリューというよりも、ロドリゴとコミュニケーションしてしまったみたいな驚きでした。これが後半の井上の役に対して、僕のイメージを大きく変えました。「ロドリゴを転ばせた」という罪悪感が生まれたんです。ロドリゴにキリスト教を捨てさせ、さらに名前も捨てさせ、アイデンティティを全部奪う。そこまでやる井上に恐ろしさを感じましたね。「これは大変な役だったんだ」と。そう実感しました。

塚本　イッセーさんの役づくりは面白かったですよ。井上は子供がそのまま大きくなったみたいなところがあった。老人なので座ったところから立ち上がる時に、お供の侍に助けてもらう。その時、幼児がお母さんに抱きかかえられるような感じなんですよね。

尾形　残虐性と幼児性が一つのセットになると、面白いかなと思ったんです（笑）。

監督の前だと何でもできる

――イッセーさんの場合、アドリブで何かやっているのではないかと思ってしまうのですが、今回もあったんですか。

尾形　それは僕が演じる時の哲学みたいなものです。人生はアドリブというか、人間は先が分からなくても喋ったり生きたりするもの。お芝居でも同じです。意味の分からない英語とはいえ、そこは心がけました。スコセッシ監督の現場だと、自然に溢（あふ）れでてくる！　これが楽しいんです。

塚本　監督は俳優に自由にさせる方なんです。そういうリラックスした雰囲気をまず作ることが大事な仕事と思っていらっしゃるんじゃないでしょうかね。

尾形　役者とすると、何をやっても許される、信頼されているという確信が持てるんです。だから、冒険できる。

――台本にないことを言っても大丈夫なんですか。

尾形　「面白いからもっとやろう」とか言ってくださった。実際、やりました（笑）。

塚本　それに監督は俳優が何か面白いことにチャレンジすると、「エクセレントだ」と言ってくれるんです。

尾形　そうそう。「エクセレント、ワンモア」とかって（笑）。

塚本　俳優さんは必ずそうなんだなと思うんですけど、いつも演技が終わった時に不安なんです。そのことに対して、どのシーンでもだいたい「エクセレントだ」って言ってくれる。僕が一番うれしかったのは、海中で磔（はりつけ）にされながら、歌を歌うシーンで、監督は山の上のほうのテントの中でモニターを見ているんですけれど、山から走って下りてきて「エクセレントだ」と言ってくれたんです。

尾形 それはうれしいよな。

塚本 スコセッシ監督の前だと、本当に何でもできるんですね。そして、やっぱり提案も聞いてくださいますし、自分が歌を歌うというのも脚本には書いてなかったんですけど……。

——賛美歌を歌いながら殉教するところは前半のクライマックスでした。

塚本 台本を読んだ時に、ここで歌があるのとないのでは絶対違うと思ったので、「歌があったほうがいいと思います」と言うと、監督も「グッドアイディア」という感じででした。こちらのアイディアをただ使うのではなくて、現場に行くと（台本になかった）磔の側でその歌を聞いている村人たちを撮る用意がされていました。アイディアをすぐに自分の映画の血と肉に変えてしまう貪欲なところがすばらしいんです。

尾形 今思い出したのは、さっきのロドリゴが「井上様」って叫ぶシーンなんですけれども、朝から撮影していたんですよ。朝、監督さんが説明しにやってきた。お白州に役人たちが座って並んでいるわけですけれど、役人を演じる僕たちの前に一歩出ようとしたんです。そうしたら、慌ててお白州の場から足を引き抜いて、「今踏んだことはごめんなさい」と足跡を手で払って消して、「ここはあなた方の演じる神聖な場所だから」と言う。その時、単なる小学校のグラウンドみたいな殺風景な現場が、僕

尾形は隠れキリシタンを弾圧し棄教を強要する長崎奉行・井上筑後守を、塚本は隠れキリシタンのモキチを演じた。

たちが演じる「特別な空間」になった。その日は太陽が昇って沈むまで撮影していたのですが、監督さんが魔法をかけた場所に一日中いた感覚でした。そんなことが何気なく起こるんです。でも、塚本さんもあの海での磔のシーンは大変だったでしょう。モキチが何かを言う度に波がかかってくる。

塚本　セリフは言えるんですが、波が来る、どのタイミングでセリフを言ったらいいのか分からない。全部をいっぺんに言い切れないことは途中で分かったんです。二つぐらい言葉を言って、次の波が来るまでに、その次のセリフの言葉を考えるという感じでした。

尾形　そうでしょう。「塚本さん、モキチそのものだ」と思った。

塚本　なぜか知らないですけど、人間の体は物理的に鼻の中に水が入って、必ず咳き込むようになっているんですね。だから、「え、えっ」と咳き込んでからセリフを言う。そうすると、もう次の波が来るから、また咳き込む。それが演出だったのかもしれない（笑）。

――あれは何テイクも撮っているんですか。

塚本　さすがにちょっと危険なので、何テイクも撮っていません。

尾形　五、六回は同じことをやっていたね。

塚本　僕はそこまでのお芝居は一所懸命頑張ったんですけど、あそこはもう芝居どころではなかったので、恥ずかしいんです。でも、そういうところのほうが注目される。僕は芝居しないほうがいいんだなと（笑）。

――今回、撮影のロケ地は台湾だと聞いていますが、あのシーンも実際に台湾の海岸で撮影したんですか。

塚本　いえ、水の中のシーンは、台中市に巨大な撮影用のプールがあるんですよ。いろんな波を再現できる。ですから、撮影のバックは全部ブルーで、海岸の巨大な岩などは合成されています。本当の海で撮影したら命が危ないです（笑）。

「低予算」と言うけれど

――イッセーさんは『太陽』に出演されてロシアの監督とも一緒に仕事をされていますけれど、ロシアとハリウッドの現場を比べてみていかがでしたか。

尾形　もちろん規模は違いますけれども、僕は共通点のほうを強く感じました。それはカメラのある場所は静かということです。日本の映画の現場だと、「おい、誰それ、何とか持ってこい」とか大声が飛びかっているようなことがよくあるじゃないですか。そういうことが一切ないんです。本当に普通に喋る声で指示してくる。それはソクーロフさんも、スコセッシさんも、あと台湾のエドワード・ヤンさんという監督さんも同じでした。

塚本 エドワード・ヤンさんの映画にも出られたんですか。

尾形 『ヤンヤン 夏の想(おも)い出(で)』(二〇〇〇年)ですね。

塚本 ちょっと見てみよう(笑)。

尾形 みなさん、監督としての経歴も違えば、撮る映画のテーマも内容も違う。でも、そこは同じなんだなって思いました。だから、本当に集中しやすいんです。

塚本 僕は他にはあまり静かな現場を知らないんですが、本当に静かでしたね。「監督はうるさいのは嫌いです」と、あらかじめ言われていましたので、監督がそういうのが嫌いだからだと思っていました。普通は「カット」がかかると、俳優同士で「あそこのシーンだけど」と演技の確認をしたり、大道具の人はセットに金槌(かなづち)を振るったりする。でも、現場で助監督さんがいつも言っていたのは「シー、シー」(笑)。みんながシーンとして静かになったところで、監督はカメラマンの周りで演出について小声で喋っている。それが終わるのをみんなが静かに待っているという感じでした。

——この作品は原作に忠実に描かれていると思います。お二人とも原作は読まれているそうですが、原作と比較してどう思われましたか。

塚本　スコセッシ監督は子供の時に大きくなったら神父さんになりたかった。遠藤周作さんも、最初は宗教的な気持ちはなかったのですが、お母さんがキリスト教に入信した影響で、キリスト教をやらざるを得なかったそうです。二人とも信心を持ちながら、信仰に対して疑問を持っていて、葛藤と共に生きてこられている。多分、スコセッシ監督は『沈黙』の本に出会った時に、自分の言いたいテーマがこの本に入っていると思って、共通のものを見出したんじゃないでしょうか。僕としては、やはり原作の良さが映画に十分に入っていて、原作のファンの人が「文章が映像になると、こういうことになるのか」というふうに喜んで見てもらえると思いましたね。

尾形　そうですね。「ポルトガル人の宣教師が日本に来る」と字で書いたらそれまでなんですが、不気味な海を渡って、ロドリゴたちはキチジロー（神父たちの案内役の元隠れキリシタン）に日本に連れてこられる。暗い浜に着いた途端に、キチジローはどこかに行ってしまうので不安になる。見ていて「知らない外国に行くってこういうことだよな」って。それで隠れていた洞窟の陰からモキチたちが、たいまつを持って、ぬっと現われる、その時のロドリゴたちの驚きを同時体験できるんですよ。この映画のすごいところは、活字だったものを映像で体験できる、それの連続だったことです。

塚本　原作を読んでいても十分に想像力は働くのですが、この作品はやはりアメリカ映画ですから、ひとつひとつの表現が大きいんです。自分が磔になった後で、その死体が燃やされるのですが、その焚き火(たびび)がでっかい。とにかく全部がすごく大きい。ロケ地は日本の風景に似ているんですけど、台湾の風景ですから山並みも大きいんです。見た人は相当ダイナミックに感じるんじゃないでしょうか。

――ハリウッドの監督が日本のことを撮ると、どうしても「日本人はそんなことしないよね」という違和感があるものですが、それが一切なくて、本当に日本映画のようでした。

塚本　そこはすごく心配したんです。僕が大好きな、リドリー・スコット監督の『ブラック・レイン』（一九八九年）でさえも、やくざの部屋の壁に「ぶっ殺してやる」と字が書いてある（笑）。そういう違和感がないように、日本人が言うセリフだけは、最初に監修みたいな形で関わらせていただきました。もちろん、仕事としてではなく、スコセッシ教の信者としてやったんです。ただ、現場に最後までいるわけではないので、去った後も心配だったのですが、完成したらうまくできていたので、本当によかったです。

尾形　それと、編集のセルマ・スクーンメイカーさんが言っていましたけれども、日本の役者は本当にすばらしいと。セリフのないエキストラの一人一人に至るまで、ちゃんと体で表現していると。モキチたちが踏み絵を踏まされるシーンで、村人みんなが息を詰めて見つめる。それこそみんなが緊張して、一点集中している。例えばそういったシーンを褒めていましたね。

――ちなみに、エキストラは、台湾の人もいたんですか。

尾形　いたみたいですね。

塚本　ただ、だいぶ日本からも呼んだみたいです。台湾の人でいいんじゃないかというような小さな役についても日本から俳優を呼んだようですよ。

尾形　そうそう、体型がやっぱり違うからとか言って。

――やはりお金をかけますね。

塚本　向こうの映画にしては「低予算だ」としきりに言うんです。僕らの感覚とちょっと違うのかもしれないけど。

尾形　違いますね。あの武家屋敷のでっかい照明には度肝を抜かれましたよ。塚本さんはいなかったっけ。

塚本　いないです、いないです。

尾形　そうか。撮影は夜だったんですけれども、昼間のシーンだからというので、屋敷と同じぐらいの大きさの立方体の照明がクレーンで吊られているんです。これは削れないんだなと思いました（笑）。
塚本　低予算と言うけど、そういうのが出てくる（笑）。

勇気を与えてくれる映画

――原作が発表されて五十一年、スコセッシ監督が原作の映画化を希望されてから約三十年が経っています。信仰を扱ったこの作品が今の時代に公開されることの意味は、どのように考えられますか。
尾形　僕は「時代」についてはまだ分かりません。そこで僕が見たときの印象なのですが……。信仰とは形のないものですよね。自分が信じるか信じないかのどちらかです。信じないほうを選んだらそれまでで、信じるほうを選んだら何かあるかもしれない。僕は今年六十五歳になる。自分は一人芝居をずっとやってきて、最後に見つけたあるテーマがあって、そのテーマが形のないものなのですが、それを信じて向かっていこうかなと改めて思った。この映画は何かそういうのに向かわせる勇気を与えてくれますね。
塚本　スコセッシ監督と遠藤周作さんは、この作品は民族や宗教、文化の違う者同士の軋轢がテーマだとおっしゃっている。その観点で言うと、軋轢の結果、いつも上の人たちが戦争を始めて、下のほうの一般の人たちがいつもひどい目に遭う。戦争に限らず、上の人が何かを決めたことで、常に一般の人たちは行動も思想の自由も暴力で押さえつけられてしまう。人間はこうしたことを昔から延々と繰り返している。今の日本も水面下で、激動的な速さでそういう方向に向かっているような感じがします。この映画は宗教にとらわれない、何かそういうことに対して目を向けさせるメッセージを含んでいるような気がしています。

（「新潮45」二〇一七年二月号より再録）

いっせー・おがた
一九五二（昭和二十七）年、福岡県生れ。八一（昭和五十六）年「お笑いスター誕生!!」で八週勝ち抜き金賞を受賞してデビュー。八五年文化庁芸術選奨文部大臣新人賞大衆芸能部門受賞、八六年紀伊國屋演劇賞、八九（平成元）年「都市生活カタログ」でゴールデン・アロー賞演劇賞、二〇〇六年、第十四回スポニチ文化芸術大賞グランプリなど受賞多数。

つかもと・しんや

一九六〇（昭和三十五）年、東京都生れ。映画監督、俳優。八九年「鉄男」で劇場監督デビュー。二〇〇二（平成十四）年「六月の蛇」でベネチア国際映画祭審査員特別大賞を受賞。以後の作品でも世界の映画祭でたびたび受賞。自作だけでなく他監督の作品にも俳優として出演。一五年「野火」で第七十回毎日映画コンクール監督賞と男優主演賞を受賞。

私が狐狸庵につかれたウソの数々

「イタズラ遠藤」「ホラ吹き遠藤」「電話魔遠藤」……。すべて遠藤周作が友人たちから付けられたあだ名です。

遠藤周作は『海と毒薬』『沈黙』などの重厚な作品を遺す一方、「狐狸庵」シリーズに代表されるユーモア作品も多く遺しました。

周作という名前のイメージが重苦しいから嫌だ、と「遠藤臭作」を名乗り、猥談に興じ、方々でウソをつき、イタズラ電話をかけていました。

ニセ電話、嘘スピーチなど、お茶目でイタズラ好きの遠藤に、あの手この手で騙された！　口惜しいけど憎めない楽しいウソの数々をご紹介します。

五十一歳のわるさ

佐藤愛子

ある時、私はふと魔が射して、「三度目の夫求めます」という戯文を書いたことがある。すると数日後、電話がかかって来た。

「もすもす、佐藤さんでしか」

と東北弁の男である。

「わたすは山本という者(もん)ですが、佐藤さんが結婚相手を探しておらるると聞いて電話をかけたんです。わたすは三年前に妻に死に別れ子供が三人おります。人間は正直なつもりでありますが、わたすのようなものでよければ、一度、会っていただけぬでしようか」

いかにも実直そうな、素朴な感じである。私は元来粗忽者(そこつもの)、ついいった。

「では履歴書を送って下さい」

「はア、履歴書ね、履歴書見て、気に入ったらつき合うていただけますか。ありがとうごぜえます」

　電話を切って暫(しばら)くすると、遠藤さんから電話がかかって来た。

「今、君のところへ電話かからなかったか？　東北弁の男から」

「ああ、かかって来たわ」

「何ちゅうて来た？」

「結婚の申し込みですよ」

　私はいった。

「三度目の夫求めます、という戯文を書いたでしょう、あの反応が忽(たちま)ちあったんですよ」

　遠藤さんはいった。

「あれはオレや」

「えっ？」

「あの電話な、あれはオレがかけたんや」

　怒るよりも私は呆気(あっけ)に取られた。かつて天中軒雲月(てんちゅうけんうんげつ)という浪曲師は七色の声を出すと喧伝(けんでん)された。しかし遠藤さんは十二色の声を出す。いや、声だけではない。遠藤さんはそのものになりきる特異な才能がある。遠藤さんは作家なんぞになるより、浪曲師か俳優になった方がよかったのではないか。

それから数日後、また電話が鳴った。

「もしもしイ、サトサンですか？　ボク、川本いいますけど、あのＦ誌に書きはった随想ね、あれ、ホンマですか？　結婚したいとかいう話……」

私は叫んだ。

「この間は東北弁、今日は大阪弁、そうそう欺そうとしても、その手はクワナのヤキハマグリ！」

「えっ？」

と相手はびっくりしている。

「なにが、えっ？　よ！　びっくりするところもなかなかうまい！」

ガチャンと受話器を下ろし、

「遠藤周作をやっつけてやったぞ！」

快哉を叫んだが、その数日後、大阪の川本さんからハガキが来、川本さんはホンモノであったことがわかったのであった。

遠藤周作という人は、一口でいうならば大阪でいう「わるさ」である。東京の言葉では何というのであろう。似た言葉に「悪たれ」というのがあるが、遠藤さんは「悪たれ」とは違う。悪たれというと図体でかく、頭はトラ刈、大きな鼻の穴から鼻汁を垂らし、棒を持って、

「こらア！　どつくぞオ」

と女の子や弱い子供を追いかけて泣かしたりしている乱暴者が浮かんで来るが、「わるさ」というと、せっせと道に落し穴を作って、ものかげからニタニタ笑いながら人が来るのを待っている。町内のご隠居が見事におっこちて、こらアとつかまえられ、頭を殴られる。叱(しか)られて殴られたコブは毎日のように出来ていて、頭はコブコブにかたまっているから、殴った方は、

「イタタタ！」

と思わず手が痺(しび)れたりするのを、ニタニタと笑って見ている。

遠藤周作というと私はそういう「わるさ」を思い浮かべるのである。「わるさ」というものしかし考えてみると、遠藤さんは年、既に五十一歳である。「わるさ」というものはせいぜい十二、三歳までのもので、五十一歳の「わるさ」がこの世にいるなんて、私は夢にも思わなかった。

私は遠藤さんから色々と酷い目に遭っている。ご馳走になったこともあるが、よくよく考えてみると、(酷い目に遭っていることと、ご馳走になったことを勘定してみると)欺され、虐められたことの方が遥かに多いのである。しかし遠藤さんの方は、わるさした方のことはすぐに忘れ、ご馳走した方のことばかり執拗に憶えていて、

(この方の記憶力はこの人、全く衰えないねえ)

「あのとき、奢ったったやないか!」

「あのとき、食わしてやったやないか!」

と何かにつけてうるさい。

講演旅行の汽車の中で、私は遠藤さんが眠ってる間に彼が買った貝柱の干したものを食べてしまったことがある。その貝柱のことを、それから五年経った今でも遠藤さんは憶えている。

「君はあの汽車の中でも、オレのカイバシラ、食うたやないか!」

それも「ご馳走してやった」という数の中に入るのである。

ある時、私と遠藤さんは淡路島にいた。徳島の講演の帰り、飛行機のストのため淡路島経由のフェリーボートで神戸へ向うことになったのだ。

十二月の夕暮であった。フェリーボートの時間を待つ間、私たちは土産物屋をひや

かしていた。土産物といっても、冬の淡路島にはとりたてて珍しいものはない。遠藤さんはタコの姿ぼしというのを買った。何やら不気味な形をしたもので、タコを切らず、そのままペタンコに伸ばしてあるものである。

「こいつはうまいのやで。こういう素朴な形をしたやつこそ、ホンモノの味があるのや」

それで私もその乾しダコを買った。帰宅して土産を待ちかねていた子供に、

「ハイ、お土産」

と渡した。子供はへんな顔をして、

「これ、なに？　何だかまずそうね」

「これはタコです。タコの姿ぼしといって、タコを切らずにそのままの形で干したものです。こういう素朴な形こそ、我々現代人が再評価しなければならないものです」

と浮かぬ顔しているのを無理に食べさせた。

その後、遠藤さんと会うと、彼はいった。

「あのタコ、どうした？」

「どうしたって……うちの子供が食べたわよ」

「えっ！　食べた！」

「そうよ、何を驚くの」

「あれを食べたのか！　君のムスメは！」

遠藤さんの眼はみるみる輝いた。彼の眼は感動した時に輝くのではなく、何か人をからかうとか、新しいわるさを考えついた時とかに輝くのである。

「ホンマか！　食べた！　あれを！　君のムスメは！」

彼はいった。

「驚いたムスメやなあ。君のムスメは！　オレのムスコなんか一口食って、『何やこれは！　まずいなあ、こんなもの、食えん！』と叫んで犬にやっとった。我が家には犬が六匹いるが、その六匹とも匂い嗅いで、プイとヨコ向きよった。それを君のムスメは喜んで食うたんか！　君、君のところでは常々、ムスメに一体、何を食わせとるんや？」

「だって、あなたがいったのよ。こういう素朴な形をしたやつこそ、ホンモノの味があるのやって……だからわたし、買うたんやないの！　責任とりなさいよ」

遠藤さんはそれには答えず、

「ところで君はあのタコ、食うたんか？」

「いいや、わたしは食べなかった」

「えっ、君は何という酷い母親だ！　あのグロテスクなタコをムスメにだけ食わせて、自分だけこっそりうまいものを食っとるんやな！」

こういういやがらせは、彼の独壇場ともいうべきところで、彼の小説を読まずとも、フィクションの才の並々ならぬ人であることがよくわかる。

夕暮の淡路島で、私は遠藤さんにいった。

「七年ほど前だったかしら……私、ムギヒコとここへ来たことあるわ。今、それを思い出したわ」

ムギヒコというのは私の別れた夫のことである。あたりの景色を見て何となく見たことのある所だと考えているうちに、私はそのことを思い出したのである。するとその後、遠藤さんは折にふれこういう。

「佐藤愛子、キミはやっぱり田畑麦彦に惚れておるな」

「なんで！」

その唐突さに私はびっくり仰天。

「淡路島で、君はいうたやないか。『わたし、ムギヒコとここへ来たことあるわ……』と」

「それがどうしたのよ」

「あの時、君の眼尻にはうっすらと涙が光っておって、今は遠い日となってしまった思い出を、しみじみといとおしんでいるようであったぞ。君は、やっぱり田畑麦彦に惚れているのだ。そういう君は哀れで美しい」

何が哀れで美しい、だ。

こう勝手に決められては返す言葉もないのである。

「そんなら遠藤さん、三年後くらいに、私が誰かとここへ来て、『三年前に遠藤さんとここへ来たわ』と呟いたら、私は遠藤さんに惚れてるということになるではないですか。アホらしい！」

「いや、ともかくも、君はあの時、実に哀れであったよ」

遠藤さんは今に到ってもその説を覆さない。本人の私が涙など流さぬといっているのに、いや、君の眼尻にはうっすらと涙が光っていた、といい張って譲らぬ。

彼は最も男性的なるロマンチストなのである。人の悲しみ、苦しみ、悩み、辛さ、勝手に作り上げて、ひとりで哀れがっている。涙など流さぬと当の私がいっているのに、遠藤さんはそれを「見た」という。わざと「見たといい張っている」のではなく、彼の眼にはもしかしたら、私の涙が見えたのかもしれない。いや、きっと見えたのであろう。

こうなると事実の正確さなど、どうだってよくなってしまうのだ。遠藤さんの中で、こうして、「一人の女」の像が形作られ定着する。私は否応(いやおう)なしに、別れた亭主への想(おも)い、絶ち難い女にされてしまう。私は遠藤周作のフィクションの世界に引きずり込まれる。彼の強烈な感受性に私は屈伏してしまうのである。

遠藤さんは退屈すると私のところへ電話をかけて来る。原稿を書かねばならぬが、何も頭に浮かんで来ない、という時もかけて来る。そんな時はたいてい深夜で、

「おう、サトサン、なにしとんねン」

地の底から響いて来るような陰陰滅滅たる声である。この

「なにしとんねン」

のときは、鬱屈(うっくつ)が身体(からだ)いっぱいに詰っているという感じで、

「もの書きて、辛いなァ……え？　そう思わんか？　オレはもう、いやになってもうた……」

と弱音を吐く。弱音を吐いているその声は普段が「わるさ」だけにひときわ哀れを誘うのである。

それで私の方もいつになく、ふざけるのをやめて遠藤さんに調子を合せ、しんみり

と愚痴り愚痴られていると、

「君、今、書斎か？」

「いや、ベッドの中よ」

「そうか、オレもベッドの中や。するとオレと君とは今、寝物語をやっとるわけやな」

「まあ、そういうことになりますネ」

するると突如、ダミ声が叫ぶ。

「あーあ、佐藤愛子と寝物語をするようになったとは、遠藤周作、もうオワリやな！」

陰陰滅滅は消えて、いつもの、「わるさ」になっている。

私は一句作った。

幼馴染（おさななじみ）ははや禿（は）げはじめ秋の風

〈『遠藤周作文庫・ぐうたら愛情学』（講談社）〉

さとう・あいこ

一九二三（大正十二）年、大阪市生れ。甲南高女卒。六九（昭和四十四）年『戦いすんで日が暮れて』で直木賞、『血脈』で二〇〇〇（平成十二）年菊池寛賞を、一五年『晩鐘』で紫式部文学賞を受賞する。一七年、旭日小綬章を受章。

狐狸庵先生は含羞（がんしゅう）のひと

名取裕子

初めて遠藤先生にお目にかかったのは新聞の対談でした。先生は対談の名手と言われただけあって、とにかくお話が面白い。初対面なのにとても盛り上がって、それ以来、折々にお声をかけていただくようになりました。ちょうど私が先生のお仕事場のあった富ヶ谷の近くに住んでいたので、近所を一緒にお散歩したり、お仲間との会食に呼んでいただいたりしたものです。

でも相手は狐狸庵先生ですから、ご一緒するのは散歩や食事だけじゃありません。共演者として、観客として、数々のおふざけの現場に立ち会うことになりました。

たとえば一緒にタクシーに乗りますね。すると急に「だからもう少しだよ。もう少しだけ待ってくれ。女房とは必ず別れるから！」と言い出すんです。びっくりして先生を見ると「調子を合わせろ」とウィンクしている。それで私もつい乗って、

「いつも口先ばっかり。いつになったら別れてくれるんですか、部長！」

運転手さんがバックミラーをチラチラ見始めると、ますますエスカレートして、「大丈夫、離婚届には必ず判を押させるから。もう少しだけ待ってくれ」「イヤよ、イヤよ、イヤだわ！」

派手に泣き真似（まね）までして、ひとしきり修羅場を演じたあと、タクシーを降り、「先生、あれ、絶対にお芝居だってバレてましたよ」「そんなことはない。ちゃんと不倫の部長とＯＬに見えただろ」「たしかに先生は社長には見えませんよね。社長の貫禄はないですもん」

なーんて漫才までやったり。

またある時は、先生のお友達が私の後援会を作って下さるというので、ご挨拶（あいさつ）をしに洗足池のほとりにあるレストランに出かけました。紹介も済んで食事に移り、ふと池を見ると、男の人の乗ったボートがこちらへ向かって来る。その人は私たちのテーブルの前で止まったかと思うと、いきなりバイオリンを弾いて「オーソレミーオ」と歌いだしたんです。実はその男性は後援会長になってくださる予定の方で、遠藤先生から「会長は裕子ちゃんに気に入られなきゃいかん。きみはゴンドラに乗って得意のバイオリンを弾きなさい」と吹き込まれたそうです。しかも、ボート乗り場が閉まってる時間にわざわざ交渉して開けさせたんですって。ベニスのゴンドラと洗足池のボートじゃ全然違うじゃないですか。

お知り合いの店を借り切ってファッションショーをやった時は私もモデルとして出演しました。司会の山崎陽子先生が「こちらは不倫ファッションでございます。このように髪や顔をすっぽり隠せるので不倫カップルにぴったりでございます。服はフェラガモ、靴はカルガモになっております」と、もっともらしく解説して場内は大爆笑。

先生がお友達を幻の詩人に仕立て上げて朗読会を開いたこともありました。「ヨーロッパの偉大な現代詩人ウスバカゲロウスキーも絶賛した」という触れ込みの天才詩人が、「妻よ、君は腸チビスで世を去った」と亡き妻を偲ぶ詩を朗読するんですけれど、感動して涙を流すお客さんが続出して、さすがの遠藤先生もジョークだとは言い出せなかったそうです。

とにかく、常にお楽しみを考えていて、やるとなったらとことん真剣にやる。「出る人天国、見る人地獄」の樹座もそうです。職業も年齢もバラバラな人たちが集まり、純粋な楽しみのために一所懸命努力する。そういう場を一般の人にも用意してくださったのが遠藤先生の優しさ、素晴しさですね。

先生が賑やかなことがお好きだったのは、淋しがりの裏返しだったのかもしれません。小さい頃のひょうきんな写真には、闊達なガキ大将のように振るまいながら、その実、大好きだったお母様の目を引きたくておどけている遠藤少年の姿が写し出されています。先生はその頃のまま大きくなったような方。相反する様々なものが含羞の中でない交ぜになっていたような気がします。

ご病気で体調が悪いことも、私たちにはずっと隠していらしたんです。お仲間との集まりに欠かさずいらしては冗談を言ったり、悪ふざけをしたり。でも、あとで奥様の書かれた「夫の宿題」を読むと、私たちの前で明るく振舞っていた時も、お宅では大変な苦しみようだったそうです。きっと、苦しんでいる自分の姿を見せることができた相手は奥様だけだったんでしょうね。奥様のつらさも並大抵ではなかったと思います。

遠藤先生という大きな傘の下で、たくさんの方たちと出会って私の人生はとても豊かになったのに、まるで恩返しできなかったのが何より心残りです。実は私の父は遠藤先生と同じ日に同じ歳(とし)で亡くなったんです。もちろん、先生は父とは比べようもない立派な方ですが、これも何かのご縁なのかしらと、命日が巡ってくるたびに考えてしまいます。恩知らずな娘の代わりに、天国で父が先生にお礼を申し上げてくれているといいんですけれど。

〈「小説新潮」二〇〇六年十二月号〉

なとり・ゆうこ
一九七七（昭和五十二）年、TBS昼のテレビ小説『おゆき』でヒロインデビュー。以降、映画、テレビを中心に数々の作品で活躍中。

狐狸庵先生にはかなわぬこと――遠藤周作氏

北 杜 夫

狐狸庵こと、遠藤周作氏は、芯（しん）は深刻な大問題をかかえていられる大人物だが、人と会ったりするときは、持前のテレとサービス精神から、むずかしい顔は一切なさらない。口にすることは愉快なバカ話とか、あるいはワアワアギャアギャアと訳もなく騒ぎ立てていらっしゃる。

しかし、氏の人間性は海よりも深く、氏の人格は山よりも高い。このように軽薄な讃辞を呈すのには訳がある。私が氏からずいぶんと恩義を受けているから、氏を讃（ほ）めるのでもない。

実は私は遠藤氏に長らくウラミを持ち、一度ギャフンと言わせてやろうと、前々から狙っていて、そのたびに返り討ちにされてしまうのだ。

バカ騒ぎの席で、冗談や悪口を言いあっても、向こうのほうが頭の回転が早いし、甲高い胴間声というかドラ声を張りあげるから、どうしても私のほうが圧倒される。

と思うと、「北の奴はおれの家の酒をこれだけ飲んで、礼としてしなびたキュウリ三本しか持ってこぬ」などと随筆にお書きになるから、「北さんてそんなにケチなのですか」と読者から非難の手紙がくる。

キュウリ三本は事実だ。しかし、これは大先輩のところに、あまり高価なものをわざと持っていかないという、謙虚な心根からである。

その後、慌てて、酒だってアユだって、かなり持っていったはずだ。しかし、そのことを氏は決して書いてくださらぬ。

氏は近ごろはイタズラ電話はなさらないようだが、私は一度完全にだまされたことがある。

ひどいナマリのある日本語で、ナントカいう外人から電話がかかってきて、「あなたとニューヨークでお会いした○○でちゅ。今度、わたし、ニホンにきました」と、実に外国人の日本語らしい発音で、会いたいという。私は困惑した。いくら考えても、そのナントカ氏のことが思い出せなかったからだ。私は人の名前と顔を忘れてしまう名人なので、ひどい罪悪感に襲われることが屡々だ。そのときも日本にきたという外人が何者なのかさっぱり思い出せず、必死にオロオロと記憶を捜した。

やっと、サッと記憶が閃き、

「ああ、あなたは日本人の奥さまをお持ちの、あの神学をやられる方ですね」と尋ねた。そういうお宅に一夜、招かれたことがあったからである。するとと、「そうでちゅ、そうでちゅ」と相手が言うので、私はホッとしながらもなお気がとがめ、

「実はちょっと酔っていたもので、あなたのことをすぐ思い出せずに失礼しました。あの節はほんとに……」

と言いかけると、電話口からの声がガラリと変わり、

「ワハハハハア、おれだよ」

と、悪魔のごとき遠藤氏の声がひびきわたったのである。そのあとは口惜しくて、一晩眠れなかった。

そのような経過がたびたびあり、私は氏を一度なりともやっつけようと、復讐の機会を虎視タンタン狙っていた。すると、Sウイスキー会社の広告に、二人の人間がお互いに相手の酒癖などを批評するページという依頼がきた。私の相手は遠藤氏である。私は今度こそと思い、勢いこんで引受けた。

その文章の中で、私は滅茶々々に氏をけなした。つまり、酒のことなんか何一つ知らず、飲めば飲んだで下品に騒ぎまわるだけだという意を、せい一杯オーバーに書き

たてたのだ。

ところが、広告が出て、仰天した。氏もどうせこちらの悪口を書いてくると思いこんで、それ以上の雑言をがなりたてたのに、氏はその逆手に出たのである。北君の酒は実に上品で立派で乱れたところを見たことがない、などと。その皮肉の効果が実に見事なのだ。

いわば私はガキのように棒切れをふるって相手にシャニムニ打ちかかるのを、名人上手に軽くいなされたような、実にみっともない印象だけを読者に与えたにすぎなかった。

もう私は氏に打ちかかるのはやめる。氏は神と悪魔をゴッチャにしたような史上最大のえらぁい人物なのだから。

〈北杜夫『人間とマンボウ　新版』（中公文庫）〉

きた・もりお
一九二七（昭和二）年、東京生れ。六〇年『どくとるマンボウ航海記』を刊行。同年『夜と霧の隅で』で芥川賞、六四年『楡家の人びと』で毎日出版文化賞、九八（平成十）年「茂吉四部作」で大佛次郎賞を受賞。二〇一一年逝去。

遠藤周作さんと私

加賀乙彦

パリでこの稿を書いている。遠藤周作さんが亡くなった直後に、予定していた旅に出た。十月初旬、晴れて寒い。トロカデロの広場では日曜日の人出で、褐色となった街路樹下のカフェは満席である。とある片隅の席に坐り、原稿用紙をひろげた。

私が最初にこの都会に来たのは四十年前だ。遠藤周作さんは、さらに数年前に来たのだ。もう昔のことだ。が、フランスにいると遠藤さんとの距離が、日本においてよりも、ずっと近く感じられる。ともに若き日にこの国で留学生生活を送ったという親近感のせいだろうか。むこうから歩いてきた、痩(や)せたのっぽの東洋人が、一瞬、遠藤さんであるような錯覚を覚えた。その人は孤独な背中を秋の日にさらして、去って行った。

遠藤さんのフランス語を聴いたのは、一九八八年ソウルの国際ペン大会のときで、流暢(りゅうちょう)ではないけれども明晰(めいせき)な発音で日本ペンクラブ会長としての所見を堂々と述べていた。私がそれまでさぼっていたペン理事会に出席するようになったのは、まったく遠藤さんのためになると思ったからだ。「困ったよ、加賀君。理事会に出てくれる人がいなくてねえ」という一言があったからだ。理事たちの発言を黙って聴いているだけで、会長としての発言はほとんどしなかった。そのくせ会議が終ると、「加賀君は寡黙だね。もっと思うことを言ってくれよ」というのだ。

ペンクラブの会長という立場は自分にそぐわない、しかし仕方がないからやっているという風な態度だったが、会議で決定したことは誠実に実行していた。ソウル大会のときのフランス語の演説も立派なものだった。

いつだったか「ぼくはドストエフスキーが嫌いでね、面倒くさくて終りまで読めないよ」と言われたことがある。私は驚いてやぼな反論だったが、「そうですかね。あんなに面白い小説はないと思いますがね」と言った。そういうとき、論争をせずに黙ってしまうのが遠藤さんの常だった。

私のほうは遠藤さんの作品を大体読んでいたが、遠藤さんが私のものを読んでくれていたかどうか知らない。ただ、『宣告』を書き終えたときだけ、「君のはキリスト教の無免許運転だね」という評言を聞かされた。私は、なぜかと問わなかった。問うても沈黙が返ってくるだけだと予感したからである。

私がカトリックに受洗したとき、遠藤さんは代父をしてくれた。面倒な役目なのに黙々として責任のある行為を果してくれた。受洗後のパーティーに、遠藤さんを中心とする作家たちが集ってくれた。そういう大層な宴になるとは思っていなかった私は、びっくりして感謝した。遠藤さんのスピーチはふるっていた。

「きょうは、ぼくにたぶらかされた連中に動員をかけて集めた。加賀君もついにぼくにたぶらかされた。へっへっへ、ざまを見ろと言うところかな。おめでとう」

ペンクラブの会長を、居心地悪そうに勤めていたように、カトリック作家としての態度も、どこか恥ずかしげであり、わざと自分をくさすような所があった。

「ぼくがカトリックでいる効用は、ぼくみたいな駄目な男でも信仰者になれるんだから、誰でも気楽に洗礼を受けようという気になることさ」という。駄目な男などとんでもない、キリスト教文学者として余人の追随を許さない境地を開いていると私は思うのだが、そういうことを抜け抜けと言えるだけの、自信と実力が備わっていたから、聞いた人はユーモアとして気持ちよく笑えるのだった。

一緒に青森と北海道へ講演旅行をしたことがある。青森から札幌へ行くのに、遠藤さんは飛行機で、私は開通したばかりの青函トンネルを列車で行く方法をえらんだ。

「加賀君、のろのろ電車で行き、海底トンネルの窓から魚を見てこいよ。ぼくは、飛行機でさっと行き、北海道の秋景色を満喫しておくからな」

札幌に着くと、遠藤さんは元気一杯で、したり顔であった。

「君が汚ねえ魚を見ている間に、ぼくは時間を持てあまして、車で羊蹄山の紅葉を見てきたぞ。あそこの紅葉は、日本一、つまり世界一だね。新築の海底トンネルなんか見てる暇があったら風流に遊ぶのが文士の心意気というものだ」と、自作の短歌を披露した。

ところが羊蹄山に行ったのは嘘で、札幌に着いたら昼寝をし、自作の歌というのは、さる有名な歌人のものだった。

この旅の終りで飛行機に同乗したとき、遠藤さんは断乎として、「もう一度、君を騙してやるから用心しろ」と宣言した。ところが、羽田までとうとう騙しの一語もない。すると、「へっへっへ、君はぼくに騙されると思い続けていただろう。つまり騙されたわけさ」と言った。

騙された話を書いていて急に思い出したのが、私たち夫妻が遠藤ご夫妻に代父代母をお願いしたときのことだ。

「洗礼というのはキリスト者にとって、生涯に一度の聖なる行為だよ。だから決して忘れぬように苛酷な試練が実行されるのだ。まず大きな水槽に水をなみなみと入れ、それに氷をたくさん入れる。その身も凍る水に、どんと飛び込まされる。苦しみと寒さは、並みの水ごりなんかの比ではない。さて凍えた君の額を、ロウソクの炎でじりじりと焼く。皮膚がぺろりと剝げたところに、地の塩である死海の岩塩をすり込み、キリストの御受難をしのぶのだぞ」

巧みな話術に引き込まれて私が震えていると、わが女房が袖を引いて冗談よと合図をしてくれた。

「洗礼を受けて、一旦、キリスト者になったからには、教会関係の講演の場合は、一切謝礼は受け取らないふりをするものだよ。神父が金一封を差し出したら、いや受け取れないと突っ返す。三度目に、やっと、それでは申し訳けないがとポケットにそっといれる。このタイミングが難しい。君もキリスト者になったからには、そういう訓練もしなくてはならないぞ」

遠藤さんの冗談は、すぐ見破られるのが愛敬があり、騙された私も笑って、心和んですんでしまうのだが、冗談なのか本気なのか判別できない騙りが時々ある。

あるときこういう質問をされた。

「酸素があるから火が燃えて熱くなるわけだよね。こんなの理科の初歩だろう。じゃ、火山から噴出するマグマはなぜ熱いのかね。この前、北杜夫に質問したら（北さん御免なさい。真偽のほどは知らず、遠藤さんが言った通りに書きます）、それは地表に穴が沢山あって、そこから酸素が吸い込まれているというのだが、君どう思う」

私はしばし絶句して、地殻の深い所でプレートがずれた場合、高圧下で摩擦がおこり高温を発するという最近の学説を述べたが、遠藤さんは、「そんなの北の説より、うんとつまらんな」と苦い顔をしていた。

「飛行機がなぜ空を飛ぶか」とか「宇宙船はなぜ落ちないか」などという疑問に、私はそのようなことは物理学的に浮力や遠心力で簡単に説明できると、懸命に述べたのだが、こちらの物理学など、てんから信用しないという遠藤さんの顔色に気付くと、科学者の端くれの私は、すっかり自信を喪失してしまうのだった。

私は碁に全く関心がなかったし芝居には無縁な人間だから、「宇宙棋院」や「樹座」の集りでのお付き合いはなかったけれども、そちらの人々は、私がときどき顔を出す「日本キリスト教芸術センター」のメンバーと重なっている人が多かったので、何となくそちらの雰囲気も伝わってきた。樹座の公演を遠藤さんの好意で切符を入手して見に行ったとき、超満員の観客に度胆（どぎも）を抜かれた。そして遠藤さんが回してくれた一枚の切符の稀少（きしょう）価値の高さに感謝したものだ。

遠藤さんには不思議な存在感があった。そこに、ひょろりと背の高い人物が立っていると、吸引力があって人が吸い寄せられて行く。いつのまにか周囲には人の輪ができ、団体が成立してしまう。宇宙棋院も樹座も日本キリスト教芸術センターもそうであろう。それは自身の存在を中心とする新しい団体でなくてはならず、ペンクラブのように伝統のある真面目な組織や、こういうことを書くと誤解されそうだが、カトリック教会のように長い歴史と教義を持つ組織は苦手だったのだと思う。

遠藤周作がキリスト教作家であることは間違いがないにしても、その作品には教会や信仰の形への批判が多い。

『沈黙』で、神父の転びを肯定したため、この小説に対するカトリック内部からの批判が多く、とくに長崎教区では一時〝禁書〟になったと聞く。これは遠藤さん自身からも聞いたので、確かな事実だと思う。

『沈黙』が作曲家松村禎三氏によってオペラ化され日生劇場で上演されていたとき、私はすぐ近くの数寄屋橋のビルで、北森嘉蔵の『神の痛みの神学』について講演をしていた。講演後の討論になったとき、牧師が二人立って、遠藤周作批判を展開し、自分たちの教会ではあの作家の作品は〝禁書〟にしていると言った。私は、期せずして遠藤文学の擁護をする羽目になったが、作品を文学としての深い表現の場で論ずるのではなく、〝転びの肯定〟という表層でしか理解しようとしない人々の態度が悲しかった。

『死海のほとり』や『イエスの生涯』で登場するイエスは、無力で奇蹟(きせき)もおこなえないイエスである。徹底的に無力であるために、十字架上で、弟子たちに逃げられて孤独のうちに死んで行ったイエスが、死後、復活して弟子たちに顕現するや、それまで散り散りになっていた弟子たちが急に力を得て福音宣教のために働き出す。この不可思議な転進からみると復活の事実は否定できない……今、旅先で原書がないので記憶だけで書いているのだが、大体そのようなイエスの造型であったと思う。イエスの奇蹟を否定するが復活は信ずる、このあたりにキリスト者遠藤周作の信仰の形があると私は考えている。しかし、そういうイエスを提出してみせるというのは、キリスト者として実に大胆な行為であり、当然物議をかもした。私が経験した講演会での遠藤批判の火種はそのあたりにもあると推測される。

『侍』と『深い河(ディープ・リバー)』については、私は著者と対談した。当然それらの対談を読み返してから原稿を書くべきなのだが、パリのカフェのテーブルではそれもかなわない。

対談で遠藤さんが言った言葉で今覚えているのは、つぎのようなことだ。

「キリスト教を、ヨーロッパ中心に考えていたのでは、日本人は東洋人は、真の信仰には到れないのではないか。まず、われわれは、日本人であり東洋人であり、そういう人間がたまたまキリスト者になるのだから、出発点を間違えてはいけないよね」

〈「新潮」一九九六年十二月号〉

かが・おとひこ

一九二九（昭和四）年、東京生れ。七三年『帰らざる夏』で谷崎潤一郎賞、七九年『宣告』で日本文学大賞、八六年『湿原』で大佛次郎賞、九八（平成十）年『永遠の都』で芸術選奨文部大臣賞、二〇一二年『雲の都』で毎日出版文化賞特別賞を受賞。〇五年には旭日中綬章を受章している。二三（令和五）年逝去。

遠藤周作先生

さくらももこ

『ちびまる子ちゃん』がTVで放送される前の年の夏、どういう了見でかわからぬが、遠藤周作先生から「あなたと対談したい」という申し込みをいただき、私はマヌケ面（づら）を引っさげてノコノコ出掛けることになった。

遠藤先生が指定された場所は、どこか青山かその辺の一等地であろうと思われるビルの一階の上等なレストランであった。

その上等なレストランに、私と当時私の担当編集者であった主人は十分ほど遅刻して汗をふきながら到着したのであった。

レストランの奥の別室らしき部屋に、遠藤先生は何人かの編集者をしたがえて、不敵な笑（え）みをニヤリと浮かべて待っていた。何か、ハードボイルドな匂（にお）いまで漂う、緊迫した空気が部屋中に立ちこめていた。

私は「遅れてすみませんすみません」と背を丸めながらみっともなく席に着き、遠藤先生のテカテカ輝く顔を改めて拝見し、ますます背の丸まる思いがしていた。

遠藤先生は開口一番「僕はあなたの漫画が好きでねェ」と言って下さり、私が「ど、どうもありがとうございます」と答えると、ニヤリと笑いながら「でもあなた、アレ、全力で描いてないでしょ」とおっしゃった。私は小さくなりながら小さな声で「……いいえ、あれが私の全力です……」と答えると、遠藤先生は「ええっ、ほんとォ?」と三回ぐらい繰り返してから「そうかァ、じゃあ僕も漫画家になろうかなァ」とまたニヤリと口元がゆるんでいた。

遠藤先生は更に「僕はねェ、こう見えてももうボケちゃってて、夜になると今日誰に会ったかなんて、忘れちゃうんですよ」と真顔でおっしゃるので、私はそれをまに受け「え、本当ですか……」と心底心配をし始めた。先生は「僕も、もう76ですからね」と言うので、私は驚き、「えっ、そ、そんなふうにはとても見えませんのに」と、すっとんきょうな声で答えた。

そんなふうに見えないのは当然である。先生は当時66歳であった。つまり10歳もサバを読んでいたのだ。「5つは若く見えますね」などと言わなくて本当に良かった。このようにウソを言ってはニヤリと笑うのが遠藤先生なのである。

当時私は遠藤先生は真面目(まじめ)な方だとずっと思っていた。それは私が遠藤先生の著作物の中ではかなり真面目な方であろうと思われる『死について考える』という本しか読破していなかった故の無知によるものであった。

この対談の前に主人が「遠藤先生は若い娘にウソをついてはほくそ笑むというクセがあるから、必ず〝ぐうたらシリーズ〟を読んでおくように」と私に言っていたのだが、私はその準備をしておかなかったのが悪かったのである。

遠藤先生は御自分が幼い頃、しょんべん垂れのクソ坊主だったことを愉快に話して下さりなごやかに時は過ぎていった。ちなみに遠藤先生の子供の頃のあだなは〝そばプン〟だったそうで、これは「そばに寄るとプーンとにおうから」という意味であると教えられたがこれも定かではない。

そんななごやかな時の流れが少しずつ逆流し始めてきた。私と主人が「こんど結婚するんです」と打ち明けたとたん先生は「なに？　結婚⁉」と言ってメガネの奥の目がキラリと光り「僕は夫のいる女には興味がないんだ」と言い始め、そのわりには新婚旅行はどこに行くのかと尋ねてきた。

その時はまだ新婚旅行はスペインという予定でいたため、私は「スペインに行こうかと思っているのですが」と言うと、先生は「スペイン⁉　あ〜〜ダメだダメだ。あの国はスリが多いからさんざんな目にあうよ」と言いながらも更に飛行機は予約してあるのかと尋ねるので「まだしてません」と答えると「え、まだしてないの？　ハー、こりゃもうチケットはとれないね。私が昔スペインに行ったときは、路地裏からアコーディオンの音が流れてきたりして、それはそれは素晴らしい思い出があるけれど、それもこれも飛行機のチケットを確実にとっておいたタマモノだ」とイジワルなことを次々と言い、必ず最後にニヤリと笑うのである。

遠藤先生はその後、腰の痛みの治し方などを詳しく語り、「いい医者を知っているから明日の朝十時に私の家に電話をしなさい。教えてあげよう」と言って主人に電話番号のメモを手渡していた。

対談は終わり、「それじゃまた」と言って別れ、お互いの距離が五十メートルくらい離れたところで突然、「おーい、おーい、ちょっとさくらさん、あなた来なさい」と先生が呼んでいるので、私は何事であろうかと驚き、全力で走って先生のもとへ駆けつけた。

ゼーゼーと呼吸困難になりそうな私の耳元で、先生は「あの男」と主人の方を指さし、「これから先、女を泣かせるよ」と言い、クルリと背を向けヒッヒッヒと悪魔のように笑って去って行った。後に残された私は、生涯稀(まれ)にみる脱力感に見舞われた。

翌日、朝十時に電話をしろと言われていたため、本当は医者などどうでもよかったのだが、日覚まし時計までセットして、指示通りの時間に主人は起きた。そして、遠藤先生の手渡したメモを見ながらダイヤルを回すと、つながった場所は東京ガスの営業所であった。……トホホ。

〈さくらももこ『さるのこしかけ』（集英社文庫）〉

さくら・ももこ
一九六五（昭和四十）年、静岡県生れ。八六年「りぼん」で「ちびまる子ちゃん」連載開始。八九（平成元）年同作で講談社漫画賞受賞。九〇年作詞をした「おどるポンポコリン」が日本レコード大賞ポップス・ロック部門受賞。九一年初エッセイ『もものかんづめ』がベストセラーに。九二年『さるのこしかけ』で新風賞受賞。二〇一八年逝去。

眠れ狐狸庵

阿川弘之

私ども近しかつた者の眼から見ても、遠藤周作はへんてこなことばかりして一生を終つたやうな印象を受ける。「ちぐはぐな天才」といふ言葉が似合ひさうな、をかしな人であつた。亡(な)くなつた晩、次々掛つて来る電話に、それらしき答へ方をすることが出来ず困つたと、佐藤愛子さんが追想記を書いてゐる。「講演旅行の帰り、汽車の中で遠藤さんが眠つてゐる間に、あの人の買つた貝柱の袋を私がみんな食べてしまつたといつて、あの人ひどく怒り出し、なによケチィと言ひ返したら」などと語りながら泣き出したのでは、新聞の黒枠用コメントにならないだらうといふのである。全く同感、ジャーナリズム関係のその種急な要望を、私もすべて辞退し、「今は答へられません」で通した。「遠藤さんについて一と言」と聞かれれば、珍妙な思ひ出しか湧(わ)いて来ないのだから。

作家にとつて仕事の基幹となるべき国語の用法すら、かなりちぐはぐでへんてこであつた。「徳は孤ならず孤は徳ならず」「好きなものこそ上手なれ」「一天俄かに霽れ上り」「人間としての死支度」「お前の娘きれいなつた。三日見ぬ間の桜かなや。とんびが茄子生みよつたんやな」——、狐狸庵語録いくらでもあるけれど、全部何処かちよつと間違つてゐる。それでゐて、何だか遠藤流の妙な味があつた。本人、必ずしも出鱈目をやるつもりは無いのに、言ふこと為すこと出鱈目めいて見え、そのをかしさが又人を惹きつけるといふところがあつた。

　奇抜な発想と旺盛な好奇心、生涯のテーマとした日本に於けるカトリック信仰の問題、此の問題については真剣だつたし、飜訳のフィルターを透すと語法の不備が消えてしまふ一得があつたし、かれこれ相俟つて、海外で、特に米英で、遠藤作品の評価はずゐぶん高いらしい。

　二十年来の私の知り合ひ、「鉄道大バザール」の著者ポール・セルーが、中国系のハワイアンと再婚して、今、オアフ島の北岸に住んでゐる。会ふ機会が時々あり、いつか素足にスポーツシャツで話し合つてゐたら、

「我々二人も偉大な作家だが」

と言つて、足に小さな入墨のあるセルーがにやりとし、それから真顔になつた。

「真実偉大なのは遠藤だ。もし貰へるなら、今度彼自筆の署名本を一冊貰つて来てく

れないか」

次のハワイ行の際、望みを叶へたけれど、併せて、遠藤の病状只事でないといふことも告げなくてはならなかつた。糖尿病が腎臓を冒し、人工透析が始まつてゐて、セルーの為英訳本に署名を頼むのも、実は多少はばかりがあつたのである。

最後に顔見たのは昨年（平成七年）の夏、遠藤家へ家内共々御礼言上に行かねばならぬ個人的事情が生じ、見舞を兼ねて、三浦朱門に同道してもらひ、目黒区中町の自宅を訪ねた。奥さんに支へられて玄関脇の応接間へ下りて来た遠藤は、予想したよりしつかりしてをり、三浦にも私にも、昔ながらの憎まれ口を色々叩いてみせた。

「お前ら、自分が健康やから言うて、別に恥ぢんでもええんやで」

と言つたのがその一つであつた。それでも、余り長居しない方がいい感じはあり、約一時間で辞去、

「まあ、あれだけいやがらせが言へるやうなら結構。快方へ向ふ可能性があるかも知れん」

さう感慨を述べて、東横線の駅で三浦と別れた。しかし、後日人づてに聞えて来たのは、

「お二人がお帰りになつたあと、遠藤先生、奥様の袖をつかんでお泣きになつたんで

すつて。三浦と阿川はあんなに元気なのに、何で俺だけこんなことになつてしもたんやつて、号泣なさつたさうですよ」

といふ話であつた。ショックを受け、爾来気軽な態度を粧つての電話なぞ掛けられなくなり、三浦も私も再び遠藤と言葉を交さぬまま、一年二ケ月後の九月二十九日、訃報に接する。あんなに屢々、馬鹿な話を沢山喋り合つた仲だつたのにと、あらためて思つた。

遠藤の外出外食が不自由になるまでの二十数年間、私たち三人は、何ケ月かに一遍づつ、三人だけの夕食会をやつてゐた。別に秘密会談ではないけれど、余人を交へず編集者に知らせず、したがつて「会談」内容が公開されたことは一度も無い。

今から三十年近く前の日本で、作家のくせして左翼運動に同情も共感も持たず、中華人民共和国の在り方に強い不信感を持つてゐるといふのは、それだけで指弾冷笑の対象となり、「知識人として失格」の烙印になり得た。その不審不満を、時には支離滅裂、「いやなものはとにかくいやなんだ」と安心して言へる友人が、私の場合、遠藤三浦の二人であつた。

無学の荻生徂徠よろしく、ビールの肴に枝豆をかじりながら、各界古今の進歩的文化人を罵つてお互ひ快としたが、むろん一と晩、そんな論議ばかりやつてゐるわけではない。遠藤の奇妙きてれつな失敗談に笑ひが止まらなくなるやうなことも、よくあつた。例へば、秘書の女性に運転させてゐた車が、スピード違反でつかまつた話である。遠藤が彼女の父親に化けて、バックシートから怒鳴り立てる。「何たることだ、おい。安全運転安全運転と平素わしがあれだけ言つとるのが、お前分つてないのか。見ろ、此の温厚さうなお巡りさんだつて、怒りたいのを我慢して、何か特に急ぐ理由があつたのですかと聞いてをられる。謝んなさい。単なる不注意でした、今後二度とスピードの出し過ぎは致しませんと、本気で謝れ」。免許証持参、パトカーのところへ連れて行かれた秘書が、やがて戻つて来る。「どや？ 許してくれたか」「いえ、罰金はやつぱり納めさせられます。でも、怖いお父さんだねえつて慰めて貰ひました」――。酔余話のたねも尽き、聞くのも喋るのもそろそろ億劫となれば、鰻屋の畳に寝そべつてうとうとしてゐて一向構はない、さういふ気楽な雰囲気があつて、此の集りは長つづきした。

一度入信をすすめられた。

「お前、ほんまにアカが嫌ひなんか。そんなら、世界最大最強の反共組織は何か知つとるか。カトリックやで。カトリックになれよ、お前も」

私は、万物死すれば無に帰すと考へてゐる無信心で、いくら踏絵を踏むことの許されるやさしい周作派カトリックでも、その気になれず、「そりや駄目だ」と断つた。敢て死について考へてみろと迫られたら、「生死事大　無常迅速　慎勿放逸」と墨書した禅堂の槃木や、弟子の子路に「死」を問はれて「未だ生を知らず　焉んぞ死を知らん」と応ずる孔子の言葉の方が、ミサでの説法より気持にぴつたり来ると答へただらう。

かつて矢代静一さんが、彼の熱心なすすめによつて入信を決意し、受洗のあと教会から外へ一歩出た途端、代父遠藤は立会人三浦朱門に、「おい、馬鹿がまた一人ひつかかつた」と言つたさうだが、私にはどんな意味でも、そんな喜びの声を彼に挙げさせてやる器量が無かつた。遠藤の方も、繰返してはすすめなかつた。それでも、三人だけの夕食会は変ることなく続いた。

カトリックの教義も伝統も知らぬ異端が一人入つてゐたわけだが、遠藤の宗教活動らしき多彩な企てを思ふと、それがほんとに宗教活動だつたのかどうか、一抹の疑問は持ちながら、昔見た「陽気なドン・カミロ」といふ映画を思ひ出す。

仏伊合作の映画で、監督はジュリアン・デュビビエ、どこかイタリアの小さな町の共産党員の町長ペポネと、反共派の司祭ドン・カミロと、確か幼な友達、親友でありながら立場上事ごとに意見が対立する。そのため、町の年中行事をめぐつて、とんちんかんな騒ぎが次から次へ発生し、ドン・カミロ神父は、ペポネの奴(やつ)神に誓つてやつつけてやると、色んないたづらを思ひつき、種々様々へんてこなことを仕出かしてみせる。司祭に扮(ふん)するフェルナンデルは演劇辞典によればマルセーユ生れのコメディアン、「ひょうきんな馬ヅラで世界中のファンを抱腹絶倒させ」たとある。私も絶倒した一人で、百閒(ひゃっけん)先生が「較(くら)べてみれば馬は丸顔」と言ひさうな主演男優の特異な風貌を、今尚よく覚えてゐる。「寅さん」と同様、「ドン・カミロ」シリーズ、何本か製作されたはずだが、その中の二つばかり見てゐるうち私は、此(こ)の司祭、遠藤に似てゐると思ふやうになつた。

さう言へば、「おバカさん」の主人公ガストン・ボナパルト神父もドン・カミロに似てゐた。初めての新聞小説を書くにあたり、あの映画から学ぶところが遠藤にあつたのか、それともラテン系の陽気な国では、いたづら好きのあのやうなカトリック神父がよくゐて遠藤の共感をさそつたのか、ちと分りかねるけれど、をかしなことをするのも神への帰依(きえ)、人の注目を集める布教活動の一端といふところがあると思はせられた。

遠藤の始めた素人劇団「樹座」に関して、私はやはり冷やかし加減の傍観者、すすめられても出演せず（一遍だけちよつとした例外あるも）、概ね客席でその馬鹿々しさを笑つてゐるに過ぎなかつた。

二十周年記念公演のパンフレットへ祝辞寄稿を求められた時には、「人がどう思はうと構ふもんか。おのおの方、その大根足に苔のむすまで」舞台上の阿呆らしい一こま一こまを長く楽しき思ひ出となさるがよろしからうと揶揄を書いて送つた。

それがある年、閉幕直後の楽屋へ入つて、一種異様な光景を眼にし、「樹座」の持つ意味を少し考へ直す気になつた。名物のフィナーレ、女性群総出演のラインダンスを終つて楽屋へ駈け戻つて来た中年初老の小母さんたちが、義理にも美しいとは申しかねるレオタード姿で、相擁して、「来年またね」とみんな泣いてゐたのである。むろん全員素人、「けふもまたかくてありけり」の日々を送つてゐる家庭の主婦や勤め人、此の女性たちにとつて、此の日昼夜二回の舞台がどのくらゐ刺戟に充ちた大きな体験だつたか、如実に分る気がした。本気で演じて、下手であればあるほど大喝采が来る、本気で歌つて音程がはづれればはづれるほど爆笑と拍手で迎へられる、その興奮、その驚きと喜び――。「演る者天国観る者地獄」がキャッチフレーズの樹座公演、これを遠藤の単なる物好き道楽とばかりは言へまい、「人に生き甲斐を」の信仰心から発した真面目な部分がかなりあるのではないかと、その日その場で感じた。ただし遠藤に、はつきりさうとは言はなかつた。言へば、「何や、お前今ごろそんなこと気がついたんか」と威丈高になるに決つてゐた。前にやられた覚えがある。

決定版「志賀直哉全集」編纂(へんさん)の仕事をしてゐる時、月報の原稿執筆者が毎巻三人づつ必要で、人選中々むつかしく、思ひついて遠藤に電話を掛けた。

「今度の配本、『暗夜行路』なんだが、何か書いてくれよ」

私の頼みに対し、遠藤は電話口で声をひそめた。

「お前友達やろ。友達ならさういふこと言うて来るな」

「何故(なぜ)？　あの長篇、嫌ひか。それならそれで、否定的感想書いてくれて少しも構はないぜ」

「違ふ。『暗夜行路』読んどらんのや。『暗夜行路』に限らず、志賀直哉て一遍も読んだこと無いねん。他にもジョーガサキニテいふ有名な短篇があることぐらゐは知つとるけど、お前、友達に恥かかすなよ」

これには驚いた。私どもの世代で、文学への志を持ちながら、少青年期志賀直哉に全く関心を示さなかつた人といふのは聞いたことが無く、よほど珍希な例だと思つた。月報の小文執筆依頼は引つこめたけれど、驚きのあまり、三浦や吉行淳之介や色んな人に此の話をした。

「モーリアックの文学論とかアナトール・フランスの小説とか、実によく読んでで、それもフランス語の原本で読んでよく勉強してるらしいのに、志賀先生のもの一つも読んだことが無いなんて、ほんたうにほんとなのかネ。『ジョーガサキニテ』に至つては、知つててわざとあんなこと言ふんぢやないかといふ気もするがな。半分は原稿を断る口実、半分はあいつ独特のおふざけで、一種のサービス精神と解したら好意的に過ぎるかネ」

次回会つた時、遠藤は「お前さう言うてるさうやな」と、にやにやした。

「もちろんサービス精神ですよ。能ある鷹は爪を隠す。実るほど頭を垂れる稲穂かなや。お前ら、やつと気がつきよつたんや」

彼の「にやにや」や「威丈高」が、嘘の上塗りなのか評価されての照れ隠しなのか、そのへんの判断は読者に委ねたい。

聖イグナチオ教会での、パウロ遠藤の前夜祭に参列して、翌十月二日、葬儀の方は失礼し、予定の旅へ出た。半月後、私はローマにゐた。スペイン広場の、屋台のアイスクリーム屋を見ても、店々のショウウインドウに飾つてあるイタリア製のネクタイを見ても、遠藤を思ひ出した。今は昔、遠藤三浦の二た夫婦が、法王に謁見のためローマ滞在をした時の話である。語尾を母音にすればイタリア語になると信じてゐる遠藤が、好奇心満々、「アイスクリーモ」と言ひ「ネクチーノ・イタリアーノ」と言つて、ヴィア・コンドッティあたりをせかせか歩き廻つたといふ、確か三浦朱門の土産話であつた。これ亦、ふざけてゐたのかイタリア語への語尾変化を本気で信じてゐたのかは分らない。

　イソップ物語を引き合ひに、「きりぎりす、きりぎりす」と罵られたのも思ひ出した。

「お前と吉行とは、麻雀や花札ばかりやつてよつて、夏の間遊び暮しとるきりぎりすや。俺は毎日せつせと仕事しとる蟻さんや。寒い冬が来て、食べるもん無い言うて泣きつかれても、助けてやらんからな。少し反省せいよ」

　吉行淳之介は二年前に亡くなり、蟻さんも死んでしまつて、もう一疋のきりぎりすだけが反省せぬまま生き残り、カトリック本山の宏壮な建造物なぞかうして見上げてゐると思つた。

　帰国後、各誌が掲載した遠藤追悼の文章のうち、「諸君！」十二月号巻頭「紳士と淑女」の一節に、私は心を打たれた。

「幼児洗礼ではないが、遠藤周作はまだ物を考えない十二歳で受洗した。その前々年両親が離婚し、伯母に夙川カトリック教会へ連れていかれたのである。成人してから、幼時に与えられた信仰を確認しようと祈りつつ歩んだのが遠藤の一生だった。
　留学先のフランスより帰国してからの長い闘病生活を経て、名作『沈黙』を得た。（略）『沈黙』によって日本人は、また翻訳で読んだ欧米人は、日本と日本人とGodの関係を深く考えた。なるほど日本には日本の桜が咲くべきだ。だが、それを認めれば唯一絶対のゴッドを相対化し、転びを肯定することにならないか？　遠藤は、そのことを考え続けた。『イエスの生涯』『死海のほとり』『深い河』などは、みな自ら設定した問いに答えようとして書かれた。（略）
　近頃のカトリック教会は、地上の正義を重視するあまり、信仰そのものを見失いがちだが、遠藤は一心不乱に考えつつ生涯を閉じた。聖パウロがひたすら『書く』ことによって伝道したように、洗礼名パウロを持つ遠藤も書き抜いて死んだ。この人こそノーベル文学賞に値したのに、惜しいことだった。七十三歳。ある『奉教人の死』である」
「紳士と淑女」欄の匿名筆者は一体誰なのか。よほどの学殖、時流に媚びぬ高い識見歴史眼を持つ人に違ひないと、胸のすくやうな思ひで毎号私は愛読してゐる。丸山眞男教授のうさんくさい部分なども、その死に際し、一言以て剔抉（てっけつ）してみせた此の匿名子が、わが友を悼んでこれだけの誄を寄せてくれた。カトリック作家としての遠藤を論じるに不適格者の私は、ただ親しかつた「狐狸庵の一友人」の立場で、襟を正して感謝する。

〈「新潮」一九九七年一月号〉

あがわ・ひろゆき
一九二〇（大正九）年、広島市生れ。五三（昭和二十八）年『春の城』で読売文学賞を受賞。『山本五十六』『米内光政』『井上成美』の海軍提督三部作がある。二〇一五（平成二十七）年逝去。

評伝 遠藤周作
山根道公

「遠藤先生、ありがとうございました」と叫ぶ若者の声が、遠藤周作の柩を載せた車の出発を告げる聖イグナチオ教会の鐘とともに、高らかに秋の空に響いた。それは、別れの献花のために並んだ四千人を超える参列者を代弁する声であり、遠藤周作の本との出会いによって人生を支えられ、励まされたすべての人たちの思いでもあった。

一九九六年九月二十九日午後六時三十六分、七十三年の生涯を終えて、慶應病院の病室に横たわる遠藤周作の体は、「人々は私の体を見たら、よくこの体で働いた、と思うだろう」との「日記」の言葉通り、一身多病を背負って満身創痍であった。しかし、臨終の瞬間は、まるで身体じゅうから光が溢れ出ているようで歓喜に充ちた顔であったと妻の順子夫人は伝えている。翌日の朝刊には一面の全面を使って、「〝違いのわかる〟ベストセラー作家　誰もが読んだ　狐狸庵先生　遠藤周作さん73歳　逝く」「文化勲章受章者で、芥川賞作家……「海と毒薬」「沈黙」などキリスト教を軸にした純文学の名作を数多く残し、ノーベル賞候補に名が挙がった一方、軽妙なエッセーも書き分けた。」(「スポーツニッポン」)といった報道がなされた。

実際に遠藤周作は、『おバカさん』『わたしが・棄てた・女』をはじめ多彩な中間小説や『狐狸庵閑話』などのユーモアエッセイが幅広い世代に読まれ、狐狸庵先生と親しまれた国民的人気作家であった。また一方では、『沈黙』に代表される日本人とキリスト教をテーマにした純文学長篇作品によって国内の主要な文学賞をはじめ海外の文学賞も受賞し、「キリスト教徒による今世紀最高の正統的物語」（ジョン・アップダイク）と賞賛されるなど、二十世紀を代表する国際的なキリスト教作家の一人であった。さらに、『イエスの生涯』『私のイエス』などキリスト教に馴染みのない日本人にも実感できるイエス像を描き、多くの日本人をイエスとの出会いに導いた作家でもあった。

キリスト教とは縁遠い日本の地で、世界的にも高く評価され、今も生き悩む多くの人を励ますキリスト教作家の文豪が何故に誕生したのか、その謎を解きながら、遠藤周作の生涯と文学を辿っていきたいと思う。

大連の少年時代──小説家となる種が植えられる（零〜十歳）

遠藤は父常久と母郁の次男として一九二三（大正十二）年三月二十七日、東京府北豊島郡西巣鴨町（現・北大塚）に生れる。二歳上の兄正介との二人兄弟。父常久は鳥取藩に仕えた医者の家系で一高、東大独法科と進学し、文学への憧れをもつ青年で、大正デモクラシーという古い伝統から自由な精神をめざす時代の空気のなかで二歳年上の情熱的で一途なヴァイオリニストをめざす女学生の竹井郁と出会って恋愛関係になる。結婚を反対された郁が下宿に来て同棲がはじまり、郁の妊娠によって出産間近に入籍し、卒業後は妻子を養うために銀行に就職し、出世していったエリートサラリーマンであった。母郁は岡山出身で上野の東京音楽学校（現・東京藝術大学）ヴァイオリン科への進学を希望し家族に反対されると、家出上京し、学費を自ら稼ぐなど苦労を経て入学を果たす。そして安藤幸（幸田露伴の妹）、モギレフスキイという当時の日本人として最高レベルの師の弟子となって音楽家をめざした女性であった。

周作が三歳の時、父の転勤で満州（現・中国東北部）大連に移り、十歳までそこで過ごす。当時、大連は日本の租借地で、街路樹のアカシヤが美しい街であったが、大連での生活は、ここが自分の碇をおろすところではないという「一種の異郷体験」となり、「小説家への最初の小さな糧」になる。

周作は大連市の大広場小学校に通う幼い頃から、母が毎日、ヴァイオリンの練習に熱中し、指から血を出しながらも弾き続ける姿を見て子供心にも感動し、芸術の厳しさと価値を心に刻んだ。

小学校三年までは家族で遊びに行くなど両親は仲良く幸福であったが、小学四年生の頃から両親が不和になり、別れ話が持ち上がるなかで、夜には寝床で耳の穴に指を入れ父の怒声や母の泣き声を聞くまいとし、学校帰りは暗い家に帰りたくないために道草をする。その哀しい心を隠そうとして悪戯やおどけをするようになり、愛犬のクロにだけ哀しみを打ち明けるようになる。こうした暗い日々に形成された性格は、後年、カトリック作家となった遠藤が人生の深い哀しみや苦悩を背負いながら、悪戯やおどけでそれを隠しつつ、人生の哀しみを共にしてくれる「私のイエス」を再発見していくことにつながっていく。

そうした周作にとって、三・四年生時の担任となった青年教師の久世宗一の存在は救いとなる。久世先生は、憂鬱な顔をして勉強もしない周作を心配して、詩や作文を書くことを勧め、書いた詩を激賞し、その文才を母郁に伝え、「小説家になるべき種」を植える。詩「シュッ、マッチ。／ポッ、ケムリ。／タバコ、ノミタイナ。」や作文「どじょう」が地元新聞の少年文芸欄の選に入り、母を喜ばせる。母は周作の作品が初めて活字になった詩の切り抜きを財布に入れ、周作の大成を祈って死ぬまで保持していた。

ところで、二歳上の兄正介は運動も勉強も抜群の成績で、六年間全甲で総代級長を務める優等生であったが、周作は幼少時代から虚弱体質で運動は不得手で、成績も作文以外はほとんど乙で悪かった。小学校低学年の頃の逸話として、朝顔の種をもらった周作は母から庭にまいて毎日水をやれば芽が出て花が咲くと教わり、毎日学校から戻ると如雨露で水やりをした。ある雨の日、ゴム合羽（がっぱ）を着て傘をさして水をやっている弟を兄正介が見つけ、驚いて母に告げ、母から雨の日は水やりの必要がないことを教えられる。周作は「あっ、そうか」と叫び、正介は弟の面倒を一生、見なければならないかもしれないと思ったと語っている。他にも、アツイの反対を書けという問題にイツアと答えたり、友達を十人夕食に連れてくると母に言って、捨犬と捨猫を十匹連れて帰ってきたりというような愚直だが優しい姿がうかがえる話が伝えられている。母はそんな周作をこよなく愛し、周囲から兄と比べて馬鹿（ばか）にされ、劣等感に悩む周作を、「兄は秀才だけど、周作は天才」「あなたは大器晩成よ」と慰め、「お前には一つだけいいところがある。それは文章を書いたり、話をするのが上手だから、小説家になったらいい……今は他の人たちがお前のことを馬鹿にしているけれど、やがては自分の好きなことで、人生に立ちむかえるだろう」（「母と私」）と励まし、一緒に本を読んでその楽しさを教え、周作の「小説家になるべき種」を育（はぐく）んだ。

小学校五年の夏にはそんな母と父との不和は、決定的となり、周作は愛犬のクロとも引き離され、母と一緒に帰国する。哀しみの同伴者として自分を見つめたクロの眼は、心の深奥に刻まれ、イエスの眼差しの原点になる。

中学・浪人時代―カトリック信仰の種が植えられる（十〜十九歳）

一九三三年八月、十歳の周作は母に連れられて兄と共に帰国し、六甲小学校に転校する。神戸市六甲の伯母（母の姉）の家に夏の間、同居し、熱心なカトリック信者の伯母の勧めで母と共に、西宮市のカトリック夙川教会に通うようになり、教会近くの借家に転居し、教会は遊び場となる。周作が私立灘中学校に入学した十二歳の時、母は宝塚市の小林聖心女子学院の音楽教師になり、院長のマザー・マイヤーなどの人格的感化もあるなかで、夫に棄てられて苦しんでいた母が決して棄てない神の愛を信じ、同学院の聖堂で洗礼を受ける（洗礼名はマリア）。その母に従い、約一ヵ月後に、周作も兄と共にカトリック夙川教会で受洗、洗礼名ポール（パウロ）。母を喜ばせるための無自覚な受洗であったが、その後、真冬に早朝の教会のミサに通うような素直な信仰をもち、将来神父になろうと本気で考えた時期もあった。一九三九年頃には、小林に近い仁川月見ガ丘に転居する。小林聖心の修道会のミサに毎朝通う母は、イエズス会の若いながら立派で学識のあるペトロ・ヘルツォグ神父と出会い、その指導の下、修道女のような厳しい祈りの生活を始める。そうした母から周作は、その神父のようになることを期待され、この世界で一番高いものは聖なる世界であることを心に吹きこまれる。

そんな母に思春期の周作は徐々に反抗心をもち、年々成績は下り、四年時と卒業時に三高等を受験するが失敗し、仁川での浪人生活を始める。六月には、受験勉強に対して空虚感がこみあげ、宝塚文芸図書館に通って日本や外国の小説をむさぼるように読み、小説の面白さを知る。仁川の自然の美しさや寺の鐘に応じて小林聖心の夕の鐘が響く村の風景は浪人時代の唯一の慰めであり、文学への想いを育む場であった。そうした浪人生活の結果、翌年にも、広島高校等の志望校の受験に失敗する。その中で母が学資支給者となってヘルツォグ神父が教授として就任した上智大学の予科甲類(ドイツ語クラス)には合格し入学していたことが没後に学籍調査で判明した。遠藤は生前、この事実を封印していたが、上智学内にあった学生寮聖アロイジオ塾に入り、十二月には、校友会誌「上智」第一号に、宗教哲学的小論文「形而上的神、宗教的神」を発表していた。この十八歳の小論文からは、遠藤が文学的生涯の出発以前に、神を実感する悦びを求めるカトリックの哲学青年であったことが理解される。そのような宗教的主題を根底にもって文学の世界へ入ったことは、日本の現代文学者のなかでの作家遠藤周作のユニークさを決定づけている。そうした遠藤であったが、翌年二月に上智大学予科を退学している。前に上智大生靖国神社参拝拒否事件もあり、当時の上智大学は配属将校が神父や学生を罵倒するなど、信者の学生にとって居づらい場所となっていたことが一因ではあったろう。『死海のほとり』に当時の状況の投影が見られる。

そして仁川の母の元に戻った周作は、姫路、浪速、甲南等の高校を受験するがすべて失敗する。また、この頃、仁川の家で熱と喀血を伴う肺の病気に罹っている。周作は、東大を卒業し逓信省に入ると同時に海軍に現役入隊した兄と相談し、母に経済的負担をかけないためという理由で、世田谷の経堂の父の家に移り、そこで浪人生活を続けている。十六歳若い女性と再婚している父の家は経済的には恵まれていたが、親という感情の持てない父親夫婦と同居するなかで、母への愛着が深まり、一人仁川に残した母への裏切りを感じる生活であった。

予科・大学時代——文芸評論活動の出発（二十〜二十六歳）

二十歳になった遠藤は、父が命じる医学部ではなく、慶應義塾大学の文学部予科を受けて合格する。父の意に反しての入学で、父から勘当され、友人宅に転がりこみ、アルバイト生活を始める。父の立場を察すると、遠藤家が医者の家系でもあり、長男が徴兵されている状況で、せめて次男の周作はすぐに徴兵されることがないように医学部に行ってほしいとの願いがあったのではなかろうか。しかし、周作はこの父に逆らって家を出て文学部に進むが、それは母郁の生き方をみならったものであった。

その後、遠藤は、カトリック哲学者の吉満義彦が舎監を務める信濃町のカトリック学生寮の白鳩寮（聖フィリッポ寮）に入る。吉満はヘルツォグ神父の上智大学での同僚で、ヘルツォグ神父の著書『神の光栄』が遠藤郁の訳で刊行された際にその序文を寄せていることからも、母郁からの依頼があってヘルツォグ神父が吉満に周作の入寮とその後の指導を頼んだのではないかと察せられる。吉満は、カトリック知識人の代表としてカトリシズムが日本の思想界に市民権を得るために精力的に執筆活動をし、『現代カトリック文芸叢書』の「発刊の辞」を担うなど文学にも造詣が深い哲学者であった。哲学科に進むことを考えていた遠藤は吉満より「君は哲学なんかより文学が向いている」とその資質を見抜いて助言され、吉満の友人であった作家の堀辰雄を紹介される。吉満が、小林秀雄ら文学者との座談会「近代の超克」で、「近代精神の超克」は「魂の問題」と主張し、またドストエフスキーなどの文学について「生きた人間のいわば神学的検証」と評価するといった文学思想の影響は、後にカトリック作家となった遠藤が人間内部の魂を探究し、「魂の問題」を描くことを、小説家の使命とする独自な文学姿勢の根底にまで及んでいる。

遠藤は翌一九四四年三月に、杉並にいた堀辰雄を訪ね、その直後に喀血して信濃追分に移った病床の堀を月に一度ほど訪ねるのが暗い戦時下での精神の拠り所となる。堀からモーリヤックの小説論における人間の深層心理の問題、西洋人の神と日本人の神々の問題、絶えざる勉強という作家の姿勢などを学び、二十一歳の遠藤は文学を志す上で決定的な影響を受ける。

文科の学生の徴兵猶予制が撤廃されたため、遠藤は本籍の鳥取県倉吉町（現・倉吉市）で徴兵検査を受けるが、肋膜炎を起こした後だったため第一乙種で、入隊一年延期となる。戦局苛烈のため授業はほとんどなく、川崎の勤労動員の工場で働く。そうした中で遠藤は、いずれ徴兵されて自分が敵を殺さねばならないという悩み、「汝、殺すなかれ」と教えながら日本の教会が戦争に目をつぶっていることへの疑問、「敵性宗教」を信じる非国民としてキリスト教徒が弾圧されるなかで自分がキリスト教徒であることを隠す二重生活等、信仰上の悩みや疑問が強まる。この頃、下北沢の古本屋でカトリック作家の問題に触れた『フランス文学素描』を偶然見つけた遠藤は、著者の佐藤朔が慶應義塾大学仏文科講師であることを知って仏文科進学を決め、独語クラスであったため仏語を独習する。

一九四五年の冬には、入営間近との思いから何もかも忘れて本を読むつもりで軽井沢と追分の間にある古宿という村で農家の一部屋を借りて一ヵ月程過ごし、堀の家に通う。三月に追分に行った日の夜に東京で大空襲があり、寮が閉鎖されたため、父からの赦(ゆる)しもあり、経堂の父の家に戻り、慶應義塾大学文学部予科を修了し、四月より仏文科に進学する。もう入隊延期が終わるという直前に終戦を迎える。その後、三田の教室に戻り、一学年上の安岡章太郎と出会う。安岡は生涯続く文学上の友人となり、晩年には遠藤が代父となってカトリックの洗礼を受けている。

　この頃、母郁は、カトリック信仰と音楽家であることを両立させるべく、宗教音楽、特にグレゴリオ聖歌の勉強に力を捧(ささ)げ、その情熱は自ら歌ったカトリック聖歌を吹き込んだポリドール盤のレコードを作製するほどであった。そうした信仰と芸術に情熱を傾ける母の世界の後を追うように、遠藤もフランスの現代カトリック文学との出会いによって信仰と文学とが深く結びつく世界を見いだし、かつての勉強嫌いは嘘(うそ)のように、その世界をテーマにした勉強に邁進(まいしん)する。その大きな契機となるのが、病気療養中の佐藤朔に手紙を書き、佐藤の永福町の自宅に呼ばれ行われることになった個人指導であった。遠藤は、佐藤がデュ・ボスの「フランソワ・モーリヤックとカトリック作家の問題」のフランス語の原書に始まり、次から次へと貸してくれる著書に熱中し、モーリヤックやベルナノス等のフランスの現代カトリック文学への関心を深めていく。遠藤に佐藤をつなげたのは堀であったが、遠藤に堀をつなげた吉満はこの年に帰天し、堀も翌年から病床につき、一九五三年に亡くなり、その後は佐藤朔が恩師として、遠藤の文学的生涯を見守り続ける。ちなみに遠藤の絶筆は、「佐藤朔先生の思い出」であった。

一九四七年十二月、評論活動の出発となる最初の評論「神々と神と」が評論家の神西清に認められ、前年に堀辰雄の編集で復刊した「四季」第五号（四号より神西編集）に掲載される。さらに佐藤朔の推挙で評論「カトリック作家の問題」を前年に復刊した「三田文學」に発表する。二十四歳の遠藤は、学生ながら師に恵まれ、文学とカトリックの問題を扱った独自な評論によって評価を受け、執筆活動を始める。

遠藤は、吉満の師であったジャック・マリタンとライサ・マルタンの詩論を基に論じた「ネオ・トミスムにおける詩論」と題した卒業論文を書き上げ、一九四八年三月、慶應義塾大学仏文科を卒業する。さらに神西清の推挙で長篇評論「堀辰雄論覚書」を書き上げて「高原」（三、七、十月号）に発表する。この頃、松竹大船撮影所の助監督試験を受けるが不採用となる。大学卒業後の身の振り方について、遠藤は佐藤朔に相談し、佐藤から「ものを書けばいいじゃないか」と言われ、出版社の鎌倉文庫に推薦されて嘱託となる。さらに、ヘルツォグ神父が編集長となって創刊された雑誌「カトリック・ダイジェスト」日本語版の編集を手伝う。三月に教職を辞した母郁も、後に四谷近くにできたカトリック・ダイジェスト日本支社のビルに移り住み、編集発行の仕事に携わっている。この年に遠藤は「三田文學」の同人になり、同誌に評論を次々と発表し、月一回開かれる「三田文學の会」に出て、丸岡明、原民喜、山本健吉、柴田錬三郎、堀田善衞等の先輩を知り、親交を深める。カトリック・ダイジェスト社も鎌倉文庫も常勤ではなく、父の家にいて評論の執筆をしながら、三田文學の編集室に通う生活で、編集室に住み込んで孤独のなかで純粋に生きる詩人で被爆作家であった原民喜と親密になる。この年、仁川の母の家に帰省中、母郁の教え子で小林聖心女子学院の新制高校三年生の担任だったシスター三好切子から依頼を受け、卒業劇のために戯曲「サウロ」を書き下ろしている。この最初の創作作品は聖書を題材に、自らの洗礼名ポール（パウロ）に因んだ戯曲であった。

一九四九年には、前年十一月に死去した五歳先輩のカトリック詩人野村英夫を追悼して、一月、「モジリアネの少年」（「高原」）、二月、「野村英夫氏を悼んで」（「三田文學」）等を発表する。野村は、堀辰雄に愛され、吉満義彦が代父で受洗した。病床の堀に協力を求められ、『野村英夫詩集』編集にも携わる。さらに、「ジャック・リヴィエール――その宗教的苦悩」(「高原」)、「ランボオの沈黙をめぐって――ネオ・トミスムの詩論」(「三田文學」)、「フランソワ・モウリヤック」(「近代文學」)等、活発に評論活動を続け、そうしたカトリック文学者としての活躍によって評価され、フランシスコ・ザビエル日本到来四百年目に当たって日本からのカトリック留学生をフランスに招聘(しょうへい)するという留学生の一人に選ばれる。遠藤は終戦後まだGHQ占領下であった日本からの最初のフランスへのカトリック留学生として渡仏できる幸運を得たのだった。

留学―作家となる決心とそのための勉強(二十七〜二十九歳)

一九五〇年六月、二十七歳の遠藤は現代カトリック文学研究を目的にフランス船マルセイエーズ号で横浜港を出航する。同じ船艙(せんそう)で寝起きする四等船客に生涯の同志となる井上洋治がいた。四歳下の井上は中学生の終り頃より虚無と死の不安に苦しみ、修道女になった姉の残したリジューのテレジアの自叙伝『小さき花』を読んで「幼子の道」の霊性に光を見出(みいだ)して受洗し、東京大学哲学科を卒業すると直(す)ぐに、テレジアと同じカルメル修道会に入るためにフランスに渡るところであった。遠藤は、井上が自分と同じ体も弱く寂しがり屋で気が弱く、弟のように思えて好きになる。そして最後の夜には甲板で独り祈る井上をみつけ、そんな井上が高い人生を歩く決意をしたのに比べ、何も決意していない自分は「つらい」と内心を告げ、井上は「ずっと、これから君のために祈っているよ」と答える場面が旅行記に描かれている（『ルーアンの丘』）。実際に遠藤と井上は、文学者と聖職者となってそれぞれの道を歩みながら互いに支えあい、祈りあう同志となっていく。

また、遠藤たちは船旅の途中、日本人への憎しみの大きいマニラ、シンガポールの寄港地では上陸を許されず、マニラ湾では同世代の屍（しかばね）が沈む日本艦隊の残骸（ざんがい）、コロンボの植民地では少女たちの貧困など、戦争の傷痕（きずあと）を目の当（ま）たり（あ）にする。それらに遠藤は心を痛め、船艙で親しくなった他国の庶民の善良さに触れるなか、朝鮮戦争の勃発（ぼっぱつ）を知り、再び善良な庶民が悲惨に突き落とされることを想い、嗚咽（おえつ）する。

遠藤たちは一ヵ月の船旅を終えてマルセイユに上陸し、遠藤は二ヵ月間、ルーアンの大家族のロビンヌ家に滞在し、夫が建築家のロビンヌ夫妻から我が子として愛される。遠藤はロビンヌ夫人をフランスの母親と生涯、慕いつづけている。九月にはリヨンに移り、リヨン・カトリック大学近くの学生寮に住んで、カトリック大学の聴講生となり、また、リヨン国立大学のルネ・バディ教授の下でフランス現代カトリック文学の研究をめざし、翌年十二月には「フランソワ・モーリヤックの作品における愛と吝嗇（りんしょく）」のテーマで学位論文作成の承認を得ている。

しかし、渡仏の船旅を含む留学体験で戦争の悲惨な傷痕を目の当たりにし、また西欧の伝統文化に根ざしたキリスト教との距離感が深まるなかで、遠藤は自らの自我を守る純粋であった文学研究の道を進む方向は放棄する。そして現代の青年の一人として同時代の悲しみや苦悩を共に背負うことで、遠藤は自分の文学を人々と共に苦しみ、共に生きる領域に拡（ひろ）げることをめざすとともに、日本人にとって距離感のあるキリスト教を実感できる身近なものにするという自分だけのテーマを背負って、小説家になろうと決心する。そして、屋根裏部屋での孤独な生活のなかで小説を書くための勉強に打ち込む。そうした中で、三田の先輩で「群像」編集部の大久保房男の厚意によって、フランスの学生生活について取材した小説風のエッセイを「群像」に寄稿する場を得る。

遠藤は、「群像」一九五一年二月号に掲載された「恋愛とフランス大学生」を改めて読み、吹けば飛ぶ作品と不満を抱き、いかなる時間を経ても動かない無数の人間の祈りと永遠の憧れがこめられたシャルトルのカテドラルのような作品を書かなければと思う。そして三月には、アルデッシュ県の寒村フォンスに行き、抗独運動者が同胞のフランス人を虐殺（ぎゃくさつ）してその死体を棄てた井戸を覗（のぞ）き込むという取材の旅を試みている。この後、リヨンに戻り、原民喜の自殺を知らせる手紙と遺書を受けとり、衝撃を受けながら、「原さん。さようなら。ぼくは生きます」と日記に記している。広島で原爆の地獄を体験し、奇跡的に生き延びた原民喜はそれを伝えることが天命との使命感をもって『夏の花』を書いた。さらに「自分のために生きるな。死んだ人たちの嘆きのために生きよ」（「鎮魂歌」）と、死んでいった無数の人たちの嘆きに貫かれて、その鎮魂歌を書ききって旅立った民喜から、遠藤は作家として次に生きるバトンを渡されたと自覚していく。

遠藤は、この直後、先に取材した事件を題材に「フォンスの井戸」と題した初めての小説を書き上げる。「群像」九月号に掲載の初出時には大幅に削除され、「フランスにおける異国の学生たち」と改題されたが、遠藤は後に削除部分を戻し原題で小説集に収録している。この最初の小説ともいえる作品は、正義の戦いの背後にあった人間の深奥の悪をテーマに善良な庶民の悲劇を描いているが、帰国後、これを発展させた最初の長篇小説『青い小さな葡萄（ぶどう）』を発表している。こうした人間内部に潜む悪の問題は、アウシュビッツ以降の現代の問題を背負う世代の遠藤の一つの重要な文学的テーマとなっていく。

この年の夏休みには、モーリヤックの『テレーズ・デスケルー』の舞台であるランド地方の徒歩による取材の旅を試み、それは「テレーズの影をおって」（「三田文學」）に結実する。その旅の中で、ボルドー近郊ブリュッセ村のカルメル会修道院で厳しい修行中の井上洋治を遥々（はるばる）と訪ね、葡萄畑で労働中の井上と数分間の面会が特別に許可され、一年ぶりの再会をする。遠藤は井上と会えたことを神に感謝し、自分にも厳しい信仰を授け給えと祈ったことを日記に記している。

留学も二年目となった十二月より、血痰（けったん）の出る息苦しい日が続くようになり、翌年六月には、多量の血痰を吐き、三ヵ月の療養が命じられ、九月まで、スイスとの国境近くのコンブルーの国際学生療養所で過ごす。そこで遠藤はパリ高等師範学校やソルボンヌ大学哲学科の学生と親しくなり、パリに来て学ばなければだめだと強く勧められる。そして九月下旬にリヨンに戻った後、十月に、パリの日本人留学生のための宿舎である日本館に移る。ソルボンヌ大学に登録するが、大学には通わず、コンブルーで知りあった友人たちと親交を深め、勉強会のグループに加わる。しかし、二ヵ月後には病状悪化で、大学都市にあるジュルダン病院に入院し、検査で左右肺の空洞が指摘され、帰国しての治療を進言される。

遠藤は、想像以上に体が悪いことを知って、継続したかった留学を断念し、一九五三年一月、帰国のため退院し、二年半の留学を終えて、日本郵船の赤城丸で帰国の途につく。

遠藤は、ヨーロッパへ向かう留学の途上では、「白人と同じ理性と概念とをもった人間」として、ヨーロッパの文化を、その核にあるキリスト教文化、そしてカトリック文学を自分のものにすることをめざしての渡仏であった。しかし、留学中にフランスで体験する「色の対立」で象徴される文化の違いの巨大な壁にぶつかり、その距離感だけを強く意識するようになって、揚句病気になる。一方でその病気によって死と向き合うなか、生きることに疲れ、虚無のなかの眠りを願うといった汎神的傾向が自らにあることを認めながらも、少年の時から教会で教えられた死後の神の裁きと罰に対する恐怖の方がより強く意識される。そうした苦しみのなかで、聖母に祈ることによって「聖母の光」をみて救われる信仰体験をしている。そして教会で聖母に蠟燭を捧げて悲しげに祈る庶民の顔を見て、そのようなカトリシズムを愛するとの思いを抱いての帰国であった。

母の死・小説家としての出発から『海と毒薬』まで（二十九〜三十四歳）

一九五三年二月、遠藤は帰国し、父の経堂の家に戻る。帰国後一年の間は体調が回復せず、毎週気胸療法を受けに通い、寝ていることが多かった。四月には、ヘルツォグ神父に代わって「カトリック・ダイジェスト」の編集長となり、「続・赤ゲットの仏蘭西旅行」の連載を開始するが、十二月には休刊になる。七月には、留学中の評論・エッセイを集めた最初の著書『フランスの大学生』を刊行する。

　年の瀬の十二月二十九日、「カトリック・ダイジェスト」社に住み込んでいた母郁がヘルツォグ神父と口論の後、部屋に戻って脳溢血で倒れ、五十八歳の若さで急逝する。父の家に住んでいた遠藤は臨終に間に合わなかった。愛着を強くもっていた母の孤独な死がいかに衝撃を与え、その後の遠藤にどのような意味を持つものであったか、遠藤がその母の死の直後に、葬儀参列者への礼状「偲び草」に「一族に代って」記した次の言葉が語っている。

「母が死んだ夜、私は彼女の遺体の横で寝た。つめたい闇のなかで、母の顔は、ほの白く、孤独であった。（中略）母は彼女の強さと一緒に、その弱さ、寂しさをあらわにして、溺愛した。私は、それを濫用したり、裏切ったりした。にも拘らず、彼女は私を信じつづけた。丁度、それは裏切られても、裏切られても人間を愛しつづけるあの存在に似ていた。（中略）母の生涯については、ここでは述べまい。私はそれを小説として書くつもりである。（中略）母の死後、私にあるのは後悔と慟哭だけである。昨夜、星空の下、夜みちをひとり歩きながら、私は自分の肉体の半分であったものがもうない事、私はひとりぽっちになった事を考えた。私は今まで死を甚だしく怖(おそ)れたが、今は死のみを待つ気持ちである。彼女のいる所へ行かれる事、それが、私のこれからの希望となってしまった……」

ここで遠藤は、自分を愛し続けた母の存在を、人間を愛し続けるキリストの存在と重ねている。そして、母の生涯を小説として書くことを宣言している。実際に母の生涯が投影されて描かれる私小説風の短篇小説はいくつか書かれていくが、母と重なる、人間を愛し続けるキリストを投影した作品を描くことこそ、遠藤がここで宣言した小説であるとも考えることができよう。そうであれば、このキリストと重なる母の愛を意識した母の死が遠藤のキリスト教作家としての出発を促す一つの起点になっているともいえる。さらにここで遠藤が、母のいる所へ行かれる事がこれからの希望となったという点は看過できない。これは遠藤が母から着せられたキリスト教の信仰を最期(さいご)まで全(まっと)うすることで、母と同様の天国に迎えられ、再会できることが希望となったという意味をもつからである。それゆえに、遠藤は母への愛着から母の着せてくれた信仰を脱ぎ捨てることはできないと思い続ける。そして、そのためにも、母から着せられた服がダブダブで違和感があれば、自分の身の丈に合った服に仕立て直しても最期まで着続けるということが切実な生涯の課題となっていったと考えられる。

そして母の遺品の財布から周作の初めて活字となった詩の切り抜きが発見される。母郁は、留学中も「周ちゃんは必ず天才がある」と手紙に書いて支え励まし続け、遠藤が人に感動を与える作家になることを生涯、祈っていた。

遠藤は翌一九五四年からは、そうした母の祈りに応(こた)えるように、評論と共に小説を本格的に書き始める。七月には、最初の評論集『カトリック作家の問題』を刊行するなどフランス帰りの新進気鋭の評論家として活躍すると同時に、自分の根をおろす場が西欧キリスト教の精神的風土ではないことへの強烈な自覚が語られる最初の純文学短篇「アデンまで」(「三田文學」十一月号)を発表する。翌年には、四月、服部達、村松剛と三角帽子の名のもとにメタフィジック批評を「文學界」誌上で提唱(九月まで連載)すると共に、短篇「学生」(「近代文學」)を発表。続いて五月、六月と短篇「白い人」(「近代文學」)を発表。七月、この「白い人」により芥川賞を受賞する。この前に同賞を受賞した安岡章太郎、吉行淳之介、庄野潤三らと共に「第三の新人」と呼ばれる。一般に、野間宏、大岡昇平らに代表される第一次・第二次戦後派作家は、戦争体験に根ざし、政治と文学という思想的問題意識をもち、極限状態における人間の真実を描く本格的長篇小説が多いのに対して、それに続く世代の作家である「第三の新人」の作品は、非政治的で、日常における感覚でとらえる人間の真実を描く私小説的な作品が多い傾向がある。その点からは、日本人とキリスト教という思想的テーマをもって本格的長篇小説の創作を中心とした遠藤は、「第三の新人」の他の作家とは傾向が異なるが、それゆえにかえってそうした「第三の新人」の作家の友人たちから遠藤の小説は頭だけの考えで胡散臭いと言われる環境で鍛えられ、どんな思想的テーマでも自分の歯で噛み砕いて日本人の日常の感覚で実感できるイメージによって小説に仕上げることがめざされていく。

やっと小説家として出発した遠藤は、九月に慶應義塾大学仏文科に通う後輩の岡田順子と結婚する。結婚後も経堂の父の家に同居し、十一月に経堂内で転居する。順子夫人は、遠藤が死に至る可能性のある病を抱える新人作家で健康面でも経済面でも不安のあることを覚悟の上で、遠藤の書く才能が花開くように支えるバトンを母郁から受け取った。夫が生涯を閉じた後、「結婚生活四十一年の間に十回入院し八回手術」し、「病気とワンセットで書く才能」を神から与えられた人生でしたと語るように、遠藤が多くの病を背負いながらその苦しい体験も糧にして多くの名作を産み出せたのは、病を背負う夫が書く才能を発揮できるようにその体を看護し守り続けることに生涯を尽くした順子夫人との二人三脚の歩みがあってのことであった。

遠藤が芥川賞に続く作品として発表した、日本を舞台にした最初の純文学短篇「黄色い人」（「群像」一九五五年十一月号）では、神を拒みながら一瞬も神を忘れることはできず、死後の神の裁きと地獄への恐怖に苦しむ一神論的精神風土が身にしみこんだ白人の棄教神父と、それと対照的に神や罪、死の問題に対して無関心、無感覚である汎神論的風土に生きる黄色い人である日本人が描かれる。一九五六年には、留学時代に書いた短篇「フォンスの井戸」を発展させた初めての長篇「青い小さな葡萄」を「文學界」（一～六月）に連載する。六月には、長男が誕生し、芥川賞にちなんで、龍之介と命名し、世田谷の松原に転居する。

遠藤は三十四歳の一九五七年に、日本という汎神論的風土における一神論的神や罪の問題をいっそう突き詰めた長篇「海と毒薬」（「文學界」六、八、十月号）を発表する。この作品が毎日出版文化賞、新潮社文学賞をW受賞するなど高い評価を得て文壇での地位を確立する。また、この年には、母と自分の精神的指導司祭として敬愛していたヘルツォグ神父が突然、失踪し、還俗して母の近親で神父の秘書をしていた日本人女性と結婚し、衝撃を受ける。この棄教神父をめぐる問題は遠藤の小説の重要なテーマの一つになっていく。

井上洋治との再会と志の共有による方向転換（三十四～三十六歳）

一九五八年一月、前年末にフランスより七年半に及ぶ修行と勉学を終え帰国した井上洋治の訪問を受け、再会する。そこで遠藤は、井上が自分と同様に西欧キリスト教との違和感を深め、日本人の心情でイエスの福音をとらえなおして日本の人たちに伝えたいという志を背負って帰国したことを知り、遠藤はその訴えに共感、賛同し、先導者なき道の開拓者として生涯を賭けて自分たちでその道を切り開き、次世代の踏石になろうとの志を共にする。これ以前の遠藤の文学作品は、自分が教会で教えられてきた西欧キリスト教の一神論的世界と自分の根にある日本の汎神論的風土とを対立させ、その距離感をテーマにして描くことが専らであったが、これ以降、自らその距離を埋める道を開拓する方向に転換していく。具体的には、その三ヵ月後に「聖書のなかの女性たち」（「婦人画報」一九五八年四月〜翌年五月号）の連載を始める。遠藤はそれまでにも女性雑誌に多くのエッセイを書いているが、それらはほとんど恋愛論であったのに対して、これは、キリスト教的感覚のない一般の日本人にキリストを伝えることを意識した最初の連載エッセイとなる。その冒頭で、聖書の様々な話は「じつはあなた自身のことを語っていたのだ」と日本人読者に呼びかけ、「様々な苦しみや迷いをもった女性たち」が人生の途上でキリストに出会った時、キリストはどうされたかを描きたいと語る言葉からも、一般の日本人とキリスト教との距離を積極的に埋めようとする姿勢が窺（うかが）える。実際に遠藤は、聖書のなかの女性たちを語りながら、それを現代日本の女性の生き方の問題と重ねて述べ、そこに人間の弱さへの共感や苦しみの連帯、母性的な神といったその後の遠藤文学の基調となっていくテーマが新たに展開してゆく萌芽（ほうが）を見いだせる。

これに続いて翌年には、遠藤が一般の読者に向けた最初のユーモア小説である「おバカさん」（「朝日新聞」三～八月）を連載する。初めて「自分のキリスト」を投影して描いたというこの作品は、愛が欠如し他者を信じない日本の社会に、愛と信じる心を愚直なまでに大切にして生きる主人公ガストンがやってきて、孤独な人間の苦しみにキリストのようにどこまでも寄り添おうとする物語である。連載中に幅広い世代の読者から激励や感想が届き、ガストンが皆から愛されているのを知り、日本の一般読者への伝達性をもてたことに嬉（うれ）しさを感じる最初の体験となる。

さらに、同年二月発表の最初の切支丹（キリシタン）小説である短篇「最後の殉教者」は、臆病（おくびょう）な性格ゆえに転んだ主人公喜助が、そうした人間の弱さを受けとめる何ものかの声を聞いて、牢獄（ろうごく）の仲間の信徒たちのところに戻る話である。こうした遠藤の小説は、孤独な日本人に寄り添い、その苦しみや弱さを理解し共感するキリストを投影した存在を描くことによって、日本人とキリストを結びつける道の開拓をめざす新たな試みであった。

病床体験で新たな眼を得たキリスト教作家の誕生（三十六～四十歳）

一九六〇年一月、前年十一月からサド研究のため、順子夫人を伴って二度目の渡仏をし、二ヵ月ほど滞仏後、スペイン、イタリア、ギリシャを巡り、エルサレム（当時ヨルダン領）を巡礼し、エジプトを廻って帰国するが、旅行中より体調を崩し、肺結核が再発して病床に臥す。

三月に井上の司祭叙階が決まり、司祭がミサ聖祭で使う聖杯を贈る。遠藤も中学生の一時期、本気で司祭になろうと情熱を燃やしながらも挫折しており、自分と同じ弱さを背負いながら司祭になった井上に特別な思いを抱くとともに、日本人の心情でキリスト教をとらえなおそうとする日本人神父の誕生の意義を誰よりも強く感じて喜ぶ。神父になった井上は病床の遠藤を度々訪問し、支えていく。

遠藤は四月に東大伝染病研究所附属病院に入院し、薬剤治療をするが病状は回復せず、十二月には慶應義塾大学病院に転院し、翌年一月、一度目の肺の手術、二週間後に二度目の手術を受ける。六月には一時退院して自宅療養できるまでになったが、九月初めに病状が急速に悪化し、再入院する。入院生活の中で多くの人が苦しみ死んでいく姿を目の当たりにし、自らも二度の手術が失敗となってより切実に死と向き合う孤独のなかで、なぜ神は人間に苦しみを与えるのか、いくら祈っても何もしてくれないのかと神に問い続ける苦しみの極みで、病気を治す目に見える奇跡ではなく、病気に伴う人間の孤独の苦しみを共に分ちあってくれるイエスの眼が、長い入院生活の苦しみの同伴者となっていた九官鳥のうるんだ眼と重なって意識される。十二月には、このまま寝たきりで小説が書けない状態でいるよりは、全快の希望に賭けて手術死の危険率の高い三度目の手術を願い出る。そして小説が書きたいとの切なる願いをもって手術にのぞみ、六時間にもおよぶ手術で一度は心臓が停止したが、無事生還でき、手術は成功する。しかし手術中にベランダに出していた九官鳥が身代わりのように死んでいく。

遠藤は、一九六二年五月に、二年二ヵ月に及ぶ入院生活からやっと解放されて退院する。しかし体力が回復せず、執筆もままならない自宅療養中の戯れに狐狸庵山人と雅号をつけ、「狐狸庵日乗」と題した絵日記を翌年十月まで書き、遠藤のもう一つの顔となる狐狸庵の原点となる。

遠藤は、この死と向き合った孤独な病床体験によって新たな「人間と人生を視る眼」を得て、小説を書きながら人間をじっと見ているキリストの眼差しを心のなかに感じながら、キリストの眼がそれを見ている、人間の心理の奥深くにある内部領域から人間を捉え描いていく作家としての新たな出発をする（「私の文学」）。この新たに獲得した独自な眼差しから、キリスト教をテーマにした純文学長篇小説が創作されていくことで、二十世紀を代表するキリスト教文学を産み出す世界的に評価されるキリスト教作家が誕生していくと共に、この眼差しから描かれる人間の弱さや悲しみに共感する中間小説やエッセイも幅広く愛読され、国民的作家が誕生していくことになる。

　その第一作が、翌年一月より発表の、ハンセン病の誤診の後も御殿場の神山復生病院に残って病人の看護に生きる井深八重をモデルに入院中に構想した、復帰後の最初の長篇小説「わたしが・棄てた・女」（「主婦の友」、十二月まで連載）である。この小説の主人公のミツは遠藤が最も愛するという作中人物であるが、作中では病床体験で出会ったイエスのイメージが込められた「人間の人生を悲しそうにじっと眺めている一つのくたびれた顔」がミツに囁く場面も描かれている。三月には、駒場から空気のよい町田市玉川学園に転居し、新居を狐狸庵と命名し、この十月からはじめた連載エッセイ「午後のおしゃべり」（翌年十二月まで）を関西弁の「こりゃ、あかんわ」から「狐狸庵閑話」と名付ける。

『沈黙』から『死海のほとり』へ（四十一〜五十二歳）

遠藤は一九六四年四月に、戯曲の取材のため、初めて長崎を旅して南山手十六番館で偶然見た踏絵が心から離れなくなる。翌年には一月から、自らの結核再発の病床体験と踏絵を見た体験を正面に据えて描いた長篇「満潮の時刻」（「潮」）を連載（十二月まで）するが、誕生の時を意味する題名には、長い病床体験が新たな人間と人生を視る眼をもつ作家の誕生の時であったことが暗に重ねられていよう。四月には、書下ろし長篇小説の取材のため、井上洋治と三浦朱門と共に長崎、島原、平戸を訪ね、途中、遠藤は、司祭となった井上神父に、小説を書いていると誰も裁けなくなったという思いや、弱さゆえに躓き、誰からも相手にされないで苦しんでいる孤独なキチジローのような弱者を見捨てないで、その心の痛みを理解し共感できる神父になってほしいとの願いを伝えている。遠藤はその後も度々長崎を旅し、長崎が次第に「心の故郷」となる。夏から初秋まで、軽井沢で別荘を借り、そこで書下ろし長篇を脱稿するが、その草稿に付した題名は「沈黙」ではなく「日向の匂い」であった。新潮社の近刊広告でもその題名であったが、出版部の提案で「沈黙」に変更され、一九六六年三月刊行される。『沈黙』は、キリストの眼差しを実感する入院中の体験を通して日本人とキリスト教との距離を埋め得た遠藤が「この小説を書きあげることが出来たら、もう死んでもいい」「自分の過半生をすべて打ち明けなければならない」(「沈黙の声」)という覚悟で初めて書き下ろした長篇であった。弱者の苦しみを共にする母性的なキリスト像は日本人の心に響き、キリスト教的重い主題の純文学作品としては異例のベストセラーとなる。しかし、その母性的なキリストの眼差しが訴える「踏むがいい」という表現が背教を肯定するかのように誤解されるなど、キリスト教会の一部からは烈しい批判を受けた。

五月に発表された『沈黙』の姉妹篇の戯曲「黄金の国」(「文芸」)は、芥川比呂志演出で劇団「雲」により東京で初演され、こちらも重い宗教的テーマでありながら好評を得る。『沈黙』により第二回谷崎潤一郎賞を受賞する。

遠藤は先の入院体験において過半生を心に甦らせ、意識の底に埋もれていた思い出を牛のように反芻し、そこに意味を探りあてようとしたなかで、父が母を棄てる大連での少年時代を嚙みしめ、父と子をテーマにした短篇「船を見に行こう」(一九六〇年十一月)、「童話」(一九六三年一月)を描く。入院から復帰後、自分が大連で辛い経験をした少年だった時の父親と「同じ年頃」の妻子をもつ父親になり、中年の主人公勝呂と妻子との日常を私小説風に描く中で、少年時代の辛い思い出が想起される短篇

「私のもの」（一九六三年八月）、「影に対して」（推定一九六六年三月頃執筆）、「雑種の犬」（一九六六年十月）が描かれる。そして『沈黙』（一九六六年三月）以降、その母性的キリスト像が反響をよび、「父の宗教・母の宗教――マリア観音について」（一九六七年一月）、「母と私」（同年十月）等のエッセイが書かれる。これの後に私小説風に描かれる短篇「六日間の旅行」（一九六八年一月）、「影法師」（同）、「母なるもの」（一九六九年一月）では、母が中心テーマとなって描かれ、聖母マリアと重なり、母なるものへと聖化され、隠れキリシタンの聖母崇敬ともつながり、日本人の宗教的渇望とも結びつくテーマとなっていく。

また、一九六八年三月には、遠藤は自ら座長となって素人劇団「樹座」を結成し、紀伊國屋ホールで「ロミオとジュリエット」を上演する。以後、一九九五年まで二十回の定期公演と二回の海外公演が行われる。五月からは「聖書物語」（「波」）を五年にわたって連載する（一九七三年六月まで）。それは『沈黙』でとらえた母性的なキリスト像が、作家の母子体験の投影といった個人的な主観によるものではないのかという批評を受けたのに対して、新約聖書そのものに基づくキリスト像であることを裏付けるための聖書研究であった。一九七〇年には井上神父をさそってイエスの足跡をたずねる聖地巡礼の旅に赴く。遠藤はこの前後、度々聖地を取材し、そうした体験から、ユダの荒野に立つと、神が怒り、裁き、罰することを教える旧約聖書的な父の宗教と自分との隔たりを感じる。そして、ガリラヤ湖畔の花に埋もれる柔和なやさしい風景のなかで育ったイエスが死海のほとりの荒涼たるユダの荒野に来て、自分と同じような違和感を感じなかったとは思えず、ガリラヤ湖畔の丘でイエスが説いたのは母のように愛し、許し、共に苦しんでくれる神であることを思う。そこには母の宗教が強調されており、「荒野を歩いたあと、旅人はこのガリラヤに来て初めて、イエスの教えが父の宗教ではなく、父の宗教と共に母の宗教をあわせ持った両親の宗教だったと気づくのである」との実感を得ている（「ガンジス河とユダの荒野」）。

そうした日本人が実感をもつことができるイエス像の探究の結実として、一九七三年、五十歳の遠藤は、書下ろし長篇『死海のほとり』、およびその創作ノートといえる「聖書物語」を改稿して聖書研究の成果を踏まえた評伝『イエスの生涯』を刊行する。それらは、永遠の同伴者イエスの姿を鮮烈に提示した画期的な作品であった。

この年、〝ぐうたらシリーズ〟が百万部突破のベストセラーになるなど、狐狸庵ブームが起き、〝違いがわかる男……〟のテレビＣＭにも出演し、狐狸庵先生と呼ばれ親しまれる。一九七四年には、青春小説、ユーモア小説、怪奇小説など多彩な〈中間小説〉を中心とした『遠藤周作文庫』（全五十一巻）が講談社より刊行開始（一九七八年二月まで）され、翌年には純文学作品を集めた『遠藤周作文学全集』（全十一巻）が新潮社より刊行開始（十二月に完結）されるなど、遠藤は幅広いジャンルで旺盛（おうせい）な作家活動を行い、多くの読者を得て国民的人気作家となっていく。

日本人とキリスト教のテーマの完成『侍』へ（五十二～五十四歳）

そうした中でも本業は純文学長篇という意識の強い遠藤は、大変苦労して書き上げたフィクションで直接イエスを描いた『死海のほとり』のテーマが日本の文壇や読者によく伝わらなかったことに課題を感じ、自分と同じ問題にぶつかった日本人の先達を調べようと史伝的文学に関心を向けていく。一九七六年一月には、遠藤の最初の日本人を扱った評伝、面従腹背の二重生活を生きた切支丹大名小西行長を描く「鉄の首（くび）枷（かせ）──小西行長伝」（「歴史と人物」）を連載（翌年一月まで）。一九七七年には『イエスの生涯』の続編となる「イエスがキリストになるまで」（「新潮」）を連載（翌年五月まで。同年『キリストの誕生』と改題して刊行）。さらに一九七八年一月からは、初めて殉教に至る強者を主人公に描くペドロ岐部の評伝「銃と十字架（有馬神学校（セミナリオ））」（「中央公論」）を連載（十二月まで）、さらに、「王妃マリー・アントワネット」（「週刊朝日」）を連載（一九八〇年七月まで）と、評伝、歴史小説を旺盛に書いていく。そして、一九七九年大晦日（おおみそか）に日本人とキリスト教という長年のテーマを文学的に完成させた傑作の書下ろし長篇『侍』を脱稿し、翌年四月、新潮社より刊行されると、第三十三回野間文芸賞を受賞するなど、高い評価を得る。

また、一九七六年には、『沈黙』によりポーランドのピエトゥシャック賞を受賞、一九七八年には『イエスの生涯』（イタリア語版）により国際ダグ・ハマーショルド賞を受賞するなど国際的な評価を得る。翌年二月には『キリストの誕生』により読売文学賞の評論・伝記賞を受賞、三月には日本芸術院賞を受賞する。

さらに、『イエスの生涯』以降、キリスト教に縁遠い一般の日本人にも実感できるイエス像をさらに嚙み砕いてわかりやすく語ったキリスト教の入門的書、『私のイエス――日本人のための聖書入門』（一九七六年）、『名画・イエス巡礼』（一九八一年）、『私にとって神とは』（一九八三年）、『イエスに邂（あ）った女たち』（同年）など次々と刊行し、日本人とキリスト教との距離を埋める働きを旺盛にしている。

悪の問題と老いの祈りを込めた『スキャンダル』（五十四〜六十三歳）

遠藤は一九七七年に、まだ五十六歳の兄正介を食道静脈瘤（じょうみゃくりゅう）破裂で亡くし、小さい時から苦労を共にしてきた仲のよい兄弟であっただけに、孤児になったと叫ぶほどのショックを受けている。一九八〇年、兄の年齢を越えて五十七歳になった遠藤は、上顎癌の疑いで慶應義塾大学病院に入院し蓄膿症の手術を受ける。組織検査の結果、癌ではないと判明するが、退院後も体力が回復せず、加えて糖尿病が悪化するなど、健康の不調が続き、老いと死を意識する。同じ頃、遠藤家に手伝いに来ていた鈴木友子が同病院に骨髄癌のため入院し、遠藤は彼女が安らかであることを祈って好きな煙草をやめるが、彼女は検査漬けで苦しみ、二十五歳で死去する。それがきっかけとなり、遠藤は二年後には、持込み原稿「患者からのささやかな願い」を「読売新聞(夕刊)」に六回にわたって掲載し、その反響から「心あたたかな医療」キャンペーンを始め、後にその呼びかけから遠藤ボランティアグループが誕生する。

この一九八〇年十一月より遠藤は、「心の故郷」となった長崎への恩返しの思いを込めて長崎を舞台にした二部作「女の一生」(「朝日新聞」)の連載(翌々年二月まで)をはじめる。翌年四月にはマザー・テレサの来日を前に「マザー・テレサの愛」を「読売新聞」に掲載し、「女の一生 二部・サチ子の場合」に登場するコルベ神父とマザー・テレサを二十世紀の愛の聖人として敬愛する。遠藤は前年より体調がすぐれず、高血圧と糖尿病のうえに肝臓病が悪化し、新宿朝日生命病院(成人病研究所)に一時入院し、その後も自宅で治療を続ける闘病生活が続き、老いの意識と死の不安が高まる。

一九八二年には、前年に遠山一行・慶子夫妻、三浦朱門、矢代静一、井上洋治らと原宿にマンションを借りて設立した「日本キリスト教芸術センター」において、キリスト教関係をはじめ、仏教や深層心理学など様々な分野の専門家の話を聞く月曜会を始め、遠藤はそうした学びからユングの深層心理学や仏教の阿頼耶識などの無意識に注目して宗教と文学のテーマを深め、「宗教と文学の谷間で」(「新潮」)を連載(八三年十月〜翌年十一月、『私の愛した小説』と改題して八五年刊行)する。

一九八三年に還暦を迎えた遠藤は、この年も平田医院(肛門科)で手術を受けるなど多病を抱え、老いと死の不安はさらに募る。そうした中で刊行されたエッセイ集『よく学び、よく遊び』の題名通り、碁を知らない友人の作家黒井千次やジャーナリスト、編集者を集めて、長谷川加代女流棋士を指導役に「宇宙棋院」を設立するなど、劇団「樹座」同様に一流の指導を受けながら真剣によく遊ぶことにも力を注いでいる。

遠藤は一九八五年にロンドンでカトリック作家のグレアム・グリーンの作品の舞台を訪ねる散歩から帰ったホテル・リッツで偶然にグリーンと出会い、語りあう幸運に恵まれ、ユングの「共時性」に思いをはせている。グリーンは遠藤が小説を書くに当って最も愛読し、影響を受けている作家で、グリーンもまた遠藤の作品を高く評価していた。

この八五年、遠藤は日本ペンクラブの第十代会長に選任され、二期四年務める。また、遠藤は、アメリカに渡り、サンタ・クララ大学から名誉博士号を授与される。翌々年にも、ジョージタウン大学から、一九九一年にはジョン・キャロル大学から名誉博士号を授与されるが、その理由の中で遠藤の描く女性的な苦しむイエス像が、西洋の男性的で勝利の栄光に輝く神という見方に挑戦を突きつけることで、カトリックに計り知れない貢献をしている点が挙げられている。

一九八六年三月には、リヨンに留学以来、遠藤の心にあった悪の問題と、死の不安のなかで切実になった老いの祈りが込められた書下ろし長篇『スキャンダル』を新潮社より刊行する。この悪のテーマについては、ユングの深層心理学の影響下でエンターテインメントのミステリー小説として創作された『真昼の悪魔』(一九八〇年)、『悪霊の午後』(一九八三年)、『わが恋う人は』(一九八七年)、『妖女のごとく』(同)などがある。また、六十代になって体力が衰えるなか、「奇蹟」「執念」「最後の晩餐」「ピアノ協奏曲二十一番」など純文学長篇書下ろしの準備となる作品も含めて短篇はすべて軽小説のジャンルで書かれていく。

文学と人生の集大成『深い河』、そして母との再会へ（六十四〜七十三歳）

一九八七年にも遠藤は北里大学病院に前立腺の治療のため入院し、手術を受ける。死に仕度をテーマに『死について考える――この世界から次の世界へ』を光文社より刊行し、そこでは「亡くなった母や兄と再会できる場所へいくための通過儀礼だと考えれば、『死』への不安も軽減される」と語っている。十一月には、『沈黙』の舞台、長崎県外海町（現・長崎市西出津町）に「沈黙の碑」が完成し、除幕式に出席、翌年には母方の遠祖の戦国竹井一族の出身地、岡山県美星町の「中世夢が原」に「血の故郷」と題した文学碑が完成し、除幕式に出席している。

一九八八年一月には、前年に新人物往来社から刊行された新史料『武功夜話』（全四巻・補巻一）を根本資料とする戦国三部作の第一作「反逆」（「読売新聞」）の連載（翌年二月まで）がはじまり、この後、第二作『決戦の時』、第三作『男の一生』と連載が続く。その舞台の愛知県江南市の旧前野村や付近の木曾川の川筋衆の郷里を訪ね、以来、木曾川は「永遠の生命」を象徴する心の風景となり、『深い河』のガンジス河につながる。六月には、学生時代からの友人で作家仲間の安岡章太郎が井上洋治神父から受洗するのに際して代父となり、特別な感慨を嚙みしめる。

一九八九年十二月、遠藤が六十六歳の時に、父常久が九十三歳で死去する。母を棄てた父を許せないという憎しみが長くあったが、最期まで自宅でという父の希望が叶うように取り計らい、最後には父の孤独を思いやる。父が森鷗外の歴史小説を愛読し、晩年、自らも『きりしたん大名 大友宗麟』(筆名白水甲二、春秋社、一九七〇年)を出版していることを受けて、父を亡くした翌年から父が書いた大友宗麟を今度は自分が描く『王の挽歌』の連載を始める。父宗麟と息子吉統(義統)はずっと対立し、葛藤があったが、『王の挽歌』の最後は、父の死後、父が必死になって人生の中で求めたものを理解し、かつて感じなかった親しみをもち、言いようのない懐かしさを感じる場面で終わっており、遠藤の父への許しと和解の想いが込められた挽歌となっている。

遠藤は一九九一年にはアメリカで『沈黙』映画化を願うマーティン・スコセッシ監督と会って快諾し、完成を楽しみにするが、遠藤の生前には実現しなかった。ちなみに、遠藤没後二十年、『沈黙』刊行五十年記念の二〇一六年に、原作の完全映画化「沈黙―サイレンス―」が完成している。

一九九三年に七十歳を迎えた遠藤は、前年には腎不全と診断され、五月には、順天堂大学病院に入院し、腎臓病のため腹膜透析の手術を受ける。以後三年半、入退院を繰り返す闘病生活が続く。六月には、余命の短さを意識した遠藤の文学と人生の集大成となった最後の純文学書下ろし長篇『深い河』が講談社より刊行される。出版時、遠藤は心不全で危篤であったが、それを乗り越えて病床で手にした新刊を撫でさする。この本で第三十五回毎日芸術賞を受賞する。翌年四月には、英訳版がイギリスのピーター・オウエン出版社から刊行、十三作目の英訳版となる。「インディペンデント」紙主催の外国小説賞の最終候補に残り、翌年には「ニューヨークタイムズ」のブックレビューで二頁にわたり取り上げられるなど、海外でも高い評価を得る。『わたしが・棄てた・女』を原作とするミュージカル「泣かないで」が音楽座により上演され、原作者の遠藤は「私の好きなミツが生きている」と絶賛する。この頃より薬害による痒みに苛まれるが、「『ヨブ記』を書く」との決意から耐え抜く。

　一九九五年九月には、脳内出血を起こして順天堂大学病院に緊急入院、以後、口がほとんどきけない状態で順子夫人と手を握りあうことで意思を伝えあう。十一月には、文化勲章を受章する。十二月には退院し、翌年六月、慶應義塾大学病院に腎臓病治療のため本格的に入院し、腹膜透析が血液透析に替わる。奇跡的に二週間ほど良い状態が続き、「佐藤朔先生の思い出」を口述筆記し、それが絶筆となる（「三田文學」夏季号に発表）。九月、夫人が転んで怪我をした話を聞き、突然目を開けて「心配なんだな」と言ったのが最後の言葉となり、同月二十九日午後六時三十六分、肺炎による呼吸不全により、入院先で死去。死の直前に顔が輝き、夫人は握る手を通して「俺は光のなかに入って母や兄と会っているから安心してくれ」というメッセージを受けとる。十月二日、東京麴町の聖イグナチオ教会で葬儀ミサ・告別式。ミサの司式は井上洋治神父。弔辞は、安岡章太郎、三浦朱門、熊井啓。別れの献花のために並んだ参列者は四千人に及ぶ。遺骨は府中のカトリック墓地にある遠藤家の墓の母と兄の遺骨の間に埋葬される。ちなみに二〇一五年に遠藤家の墓所は、葬儀ミサの行われた聖イグナチオ教会地下のクリプタに移っている。

母へ贈る二つの果実

このように遠藤の生涯と文学を辿ると、世界的に評価され、国民的に愛された遠藤周作というキリスト教作家がこの日本の地で何故に誕生したのか、その謎が解けよう。遠藤が文学と信仰の道を一途に歩んだ生涯を想うと、母の言葉に従って雨の日にも花壇に水をやる少年周作の愚直な姿がその文学的生涯を象徴しているかのようである。母に「大器晩成よ」と励まされ、その言葉を信じて、母から受けた文学と信仰の種に水をやりつづけ、両親の離婚や戦争、留学の挫折、数々の大病といった苦しい体験を肥料にかえてその種を育み、日本人である自らの血のなかにある精神的土壌にそれを根づかせ、開花させようと努めたのが、遠藤の文学的生涯ではなかったろうか。遠藤が文学（芸術）と信仰を求め、その両者が結びついた人生を生きぬいた道は、母郁自身がその生き方によって示した道であった。そして、母郁はそれを自分の人生では充分達成できないで倒れたが、その道を受け継いだ遠藤のなかに、生前と同様に母郁は生きつづけて、遠藤はその母によって励まされ、支えられ、最後までまさに愚直にその苦しい道を生きぬいた。その道ゆきで育んだ果実こそが、日本人キリスト教作家遠藤周作の独自なキリスト教文学であった。そして、その日本人の精神的土壌に見事に開花し実を結んだ最初の傑作が『沈黙』であり、最後の集大成の結実が『深い河（ディープ・リバー）』であり、両作品とも日本のみならず世界の読者に感動を与えた。一九九六年九月、遠藤がその生涯を閉じたとき、天国の母のもとに帰る遠藤の柩には故人の遺志に基づき『沈黙』と『深い河』の二冊の本が入れられた。母から受け取った種を見事に咲かせ、実らせた二つの果実は、再会した母を喜ばせる最高の贈り物となったにちがいない。

やまね・みちひろ
一九六〇（昭和三十五）年、岡山県生まれ。早稲田大学第一文学部卒、立教大学大学院修了、ノートルダム清心女子大学キリスト教文化研究所教授。博士（文学）。遠藤周作学会代表。
『遠藤周作文学全集』全十五巻（新潮社一九九九-二〇〇〇年）解題・年譜担当。『井上洋治著作選集』全十一巻（二〇一五-一九年）編集・解題担当。
『遠藤周作事典』（遠藤周作学会編二〇二一年）責任編者。著書に『遠藤周作その人生と「沈黙」の真実』（日本キリスト教文学会奨励賞）『遠藤周作「深い河」を読む　マザー・テレサ、宮沢賢治と響きあう世界』『遠藤周作と井上洋治』等。遠藤と共に日本に根づくキリスト教を求めた井上洋治神父創設の「風の家」運動を引き継ぎ、『風(プネウマ)』発行、風編集室 YouTube チャンネル動画配信などの活動に携わる。

コラム

お父さん、あなたは大変おかしな人でした。

遠藤龍之介

父の職業について初めて疑問に感じたのは、小学校低学年のときでした。「私のお父さん、お母さん」という作文を書く機会があり、他のご家庭の姿を知ってしまったことがきっかけでした。

同級生のお父様は朝、会社に行き、夕方六時頃に帰宅をして、日曜日にはキャッチボールをしてくれて、夏休みには海で泳ぎを教えてくれるらしい。全部我が家にはありませんでした。父は当時、徹夜で原稿を書き、朝七時くらいに寝る生活をしていました。私が学校に行く前、朝食の時間が即ち父の寝る前の軽食の時間で、唯一親子が顔を合わせます。父は常にパジャマ姿でした。しかしよそのお父様は、どうやら素敵な恰好をして朝を過ごしているらしい。どうやって自分の家が成り立っているのか分からず、非常に不安になったことを覚えています。

既に芥川賞を受賞していましたが、だからといって原稿依頼が引きも切らずという状態ではなかったようです。小学校三年生くらいでようやく、父親の職業が小説家であり、原稿用紙に文字を書いてお金を頂いているということがボンヤリと分かったように記憶しています。

父と過ごした時間を振り返っても「普通の親子」の出来事は一切なく、強いてあるとしたら、出版社の企画で「親子で散歩をしている場面を撮らせてください」というものです。親子っぽい感じを演出しましたが、「お父さんは僕を営業の道具に使っている」と密かに感じていました。

当時の住まいは玉川学園で、地下一階が母と私の部屋。一階が食堂と台所。二階が父の書斎で、その横に応接があり、編集者の方がいらしたら、すぐにその応接にお通しする。そして応接の横が父の寝室でした。

編集者の方はたくさんお見えになっていて、打ち合わせが長引いた時には、母はお寿司の出前を注文していました。私が小さい頃は、お寿司なんて大変珍しかったので、編集者というのはものすごく贅沢な人たちだと思っていました。

父の書斎へと続く階段は、勝手に登ってはいけません。我が家では、連載しているものについて感想を述べるだとか、父の前で作品を読むとかは絶対にタブー。ですから講演旅行などで不在の隙に、隠れて読んでいました。

家族と深大寺城跡を散策する遠藤周作（右）。左は順子夫人。中央が龍之介氏。（1966年12月）

サラリーマンは会社に行くと仕事モードになり、帰宅するとプライベートモードに切り替わるでしょう。物書きの家はこのふたつが常に交錯するので、子供には判断ができないのです。今話しかけて良いのかどうか、遊んでくれと言って良いのかどうか、さっぱり分かりません。今すごく遊んでくれそうな雰囲気だぞと思い話しかけると「うるさい！」と怒鳴られることが多々ありましたので、常におっかなびっくり。機嫌を損ねないように敬語で話すのが常になりました。しかし外では「礼儀正しいお子さんね」と褒められますので、良いことずくめです。

一時間後に、お前は死ぬ

とにかく作家の子供にとって、父親の機嫌が悪くなることは絶対に避けたい事態ですから、家族は常に父が気持ちよく過ごせるよう神経を張り巡らせていました。

困ったことに父は非常に好奇心の強い人で、一時期手品に凝ったことがありました。どこかで習ってきて披露をするのですが、袖口（そでぐち）からタネが見えてしまっている。にもかかわらず「え？　ええーっ？　どうして？」なんて驚いた真似（まね）をするのが暗黙のルールでした。

手品は気を遣えば良いだけなので、大したことはありません。次に凝った催眠術が

大問題でした。父は私を床に仰向けに寝かせると、

「お前の体は今から鋼鉄になる。何が落ちても痛くない」

と言い、鉄アレイをお腹(なか)の上にドスン。痛いですよ。でも痛いとは絶対に言えません。催眠術にかかっていないなんてもってのほか。そんなことを言ったら機嫌が悪くなるだけ。最悪です。

とはいえ、父はさほど怒りが続かない人で、むしろいたずらのほうが迷惑でした。父によるいたずらの最初の記憶は三歳頃でしょうか。その日は母が不在で、私と父が二人きりで家にいました。おもちゃで遊んでいたら、父が書斎から降りてきて目の前に現れました。おそらく執筆に疲れたのでしょう。「絵を描いてやる」とスケッチブックに色鉛筆で二階建ての家を描き始めたのです。

「太郎くんは二階でひとり、お留守番をしています」

「わあ、僕と一緒だ！　僕も今日お留守番だもん」

「そうだ、同じだ」

父は二階の窓から顔を出す太郎くんを描くと、赤い色鉛筆で真っ赤に塗り始めて、

「太郎くんの家は火事になってしまいました。お父さんもお母さんも助けにこなくて、あわれ、太郎くんは死んでしまいました」

恐ろしくて号泣する私を確認し、父は満足げに書斎に戻っていきました。

そこから二つ三つ大きくなったころの記憶もあります。朝ご飯を食べていると、

「龍之介、お前が今食べたサンマには釣り針が入っている。今お前の血管を流れていて、一時間もすると心臓に刺さって、お前は死ぬ」

「助けて！」

「助けてやれない」

すべて突然始まります。幼児にとって、親というのは唯一信頼できる、そして信頼すべき相手ですから、完全に信じてしまうのです。大人はすぐには騙されませんから、父にとって私はかっこうのいたずらの種だったと思います。

子供は常にいたずらの対象となります。私の娘が二つか三つだったと記憶しています。お正月に実家に帰り、食後、家族でくつろいでいると、父が私の娘――孫に絵本を読んでいるのです。非常に微笑ましい光景だと思い近づくと、犬の絵が描いてある本を読み聞かせながら、

「この動物は猫というんだ」

と言っているのです。

「お父さん、なんでそんなことをするんですか」

と聞くと、

「だってお前、この子が大きくなって犬のことを猫と言い出したら面白くないか」と言っていました。犬が猫だとか、魚に釣り針だとか、いたずらの路線が基本的に変わらず、発想が独特です。なかなか真似ができません。

いたずらは私が大人になっても続きました。大学生の頃、私にもガールフレンドができ、彼女が電話をかけてくるのですが、書斎に電話がありましたから、父が電話に出てしまうのです。

「鈴木と申しますけど、龍之介君はいらっしゃいますか」

「ああ、鈴木さん。龍之介がお世話になっております。先週は箱根に行かれたそうで」

とウソを言われてしまいます。僕は電話がかかってきていることすら知りません。その後、学校で会った鈴木さんに、とても冷たくされました。「どうしたの」と聞くと「自分の胸に手を当てて聞いてみなさい」。手を当てても何も思い浮かばない（笑）。

その後、父が色々とウソをついていることが分かり、

「お父さん、息子の恋路を邪魔するのをやめてもらえませんか」

と抗議をすると、

「お前はマルセル・プルーストの言葉を知っているか。『安定は愛を殺し、不安は愛をかきたてる』。俺はお前の恋愛を応援しているんだ」

と言われました。全く意味が分かりません。大文豪もこのような引用をされて迷惑だと思います。

「一度ガールフレンドを連れてきなさい」

と命じられ、素直に連れて行くと、父は見たこともない白いジャケットを着て出迎えてくれました。そして彼女に向かって、

「龍之介は良い子ではありますが、パンツを十日間ぐらい替えないんです」

と言ったのです。親が言っているものですから、女の子も信じてしまって……。第三者としていたずら話を聞くと非常に面白いのですが、家族となると大変でした。

英國屋の仕立てのスーツ

幼少期は、父は恐い(こわ)だけの存在でしたが、中学生くらいになると私の頭もやっと父に追いつくようになり、その頃からは父と話すことが楽しくて仕方がありませんでした。物の見方や考え方も学びましたし、困ったときの相談をしたこともありました。

当時の私にとっては的確と思われる答えを父はいつも返してくれました。例えば、テストでひどい点を取ってしまい、どうしようか相談すると、

「そんな点で威張るな。俺なんかもっと悪かった」

と子供心にとても励まされるアドバイスをくれました。

なかでも軽井沢での日々は忘れられません。軽井沢に別荘を購入したのは私が十三歳のとき。実はそれまでは貸別荘を二ヶ月借りて夏を過ごしていました。私は貸別荘のシステムがよく分かっておらず、前年過ごした家に自転車で行くと、違う家族が住んでいたので大変驚いて、

「お父さん大変です。僕たちの家に知らない人が住んでいます！」

と報告したことがありました。後年父は「あれは堪えたなあ」とこぼしていました。ともあれ私の発言がきっかけで、別荘を建てることになったのです。

　軽井沢では非常に華やいだ時間を経験しました。当時父は「三田文學」の編集長を務めていましたので、慶應義塾大学や聖心女子大学のお兄様やお姉様方がよくいらしてました。ほかにも北杜夫先生、矢代静一先生、芥川比呂志先生、加藤治子さん、橋爪功さん……、若い方からご年配の方まで色々な方が訪ねてくださり、豊富な話題が飛び交い、同席して大変面白かったです。

皆さん大変遅くまで話に花を咲かせているのですが、ふと気付くと父の姿がなく、あれ？　と思うと二階で執筆していることもありました。さっきまで一緒に騒いでいたのに。切り替えがとてもうまい人でした。

父には大切なことをたくさん教えてもらいました。フジテレビに就職が決まったとき、

「お前さ、俺はよく知らないけど、会社に入ったら色々あるんだろ。課長とか部長とか局長とか役員とか、ああいうのに拘るのはみっともないからやめろよ」

と言われたのです。びっくりして、

「どうしてですか」

と聞くと、

「一生課長って誰もいない。一生部長もいない。社長だってせいぜい三、四年だろう。そういう役職って会社が暫定的にお前に渡している貸衣装にすぎない。貸衣装を借りておきながら、サイズがでかいだの、この色が嫌だの言うのはみっともないだろう」

と言われました。その通りだと思いましたから、常に貸衣装という言葉を胸に刻んでサラリーマン人生を過ごしてきました。私なんて今会社を辞めたら六十代後半の〝ただの人〟。そうなったときに平然としていられないとダメだろうと思っています。

この話の最後に父が言ったことは、

「俺もいくつで死ぬか分からないけど、多分小説家で死ぬと思う。俺はね、貸衣装じゃなくて英國屋の仕立てのスーツ」

まあ、これが言いたかっただけです（笑）。

いつも弱き者の立場に

晩年の父は入退院を繰り返すようになりました。腎不全と診断され、腹膜透析の手術を受け、闘病生活を送っていた平成五年の六月、遺作となった『深い河』（講談社、のちに講談社文庫）の初版が父から送られてきたのです。父の本を読むことすらタブーでしたから、非常に戸惑いました。読み始めたら、それまでの作品のモチーフが様々な人物を通して描かれており、まさに遠藤文学の集大成といえるものでした。この作品を書いてしまったら、命が尽きてしまうのではないかと思い、冷静には受け止められませんでした。

内心恐れていた通り、父はこの作品を書き上げると急速に気力の衰えを見せ始めました。そして三年後の平成八年、亡くなりました。おそらく父は『深い河』が最後の作品になると分かっていたから、私に送ってくれたのだと思います。今でも切ない気持ちになります。

父の腎臓が悪いと分かったときに、腎移植を提案したことがあります。しかし父は、

「俺はもう十分生きたし、これから子供を育てなければならないお前から腎臓を貰(もら)ってまで生き長らえたくない」

と怒り出しました。しかし後日、母から聞いた話ですが、

「育て方を間違えてしょうもない男にしたと思っていたけれど、そうでもなかった」

と言っていたそうです。

最後は人工透析をしていました。看病は母がしていましたが、その姿を見て私の人生観が変わりました。私が知っている母は、非常に男性的で、けんかっ早い女性でした。しかし看病をする母は「(遠藤周作を)誰にも渡さない」という凄(すさ)まじい、重すぎるほどの愛情に溢(あふ)れていました。人間は表に見えていることが全(すべ)てではなく、むしろその逆が真相なのではないかと気付かされました。

母は父を一番大切にしていましたし、愛していました。普通は子供が一番になりますが、私は確実に二番でした。育ち盛りのころ、父の夕飯のおかずが一品多かったので、「お母さん僕にもちょうだい」と言ったら、

「あなた何を言っているの。お父さんが多いのは当たり前でしょう。あなたが大人に

なって自分でお金を稼いだら、奥さんに十皿でも二十皿でも作って貰いなさい」とピシャリと叱られました。理屈はともかく、母の人生において父は大切な存在だったのだと思います。

私も七十歳近くなり、老いや死を嫌でも意識するようになりました。支倉常長をモデルにした『侍』（新潮文庫）は沁みます。『わたしが・棄てた・女』（講談社文庫）はずっと好きな作品です。父にしてはエンターテインメント色の強い小説で、誰しもが陥りがちな人間の傲慢さを見事描いているのではないでしょうか。

父が亡くなって長い時間が過ぎました。「よきことをしたとヒロイックに酔うのは最悪だ」と言っていた父。いつも弱き者の立場で、人の驕りを憎んでいた父。東日本大震災やコロナ禍で、私たちは自分や愛しい人の死を身近に思い知らされました。父の文学モチーフと近い。父が生きていたら、何を思い、どう答えてくれるか、今でも心の中で問いかけています。

えんどう・りゅうのすけ
一九五六（昭和三十一）年、東京都生れ。慶應義塾大学卒業後、株式会社フジテレビジョンに入社。二〇二一（令和三）年、同社取締役副会長に就任。

遠藤周作作品ナビ　執筆：栗田有起
遠藤周作の名言　　執筆：山根道公

執筆者プロフィール
栗田有起　くりた・ゆき
1972（昭和47）年、長崎県生れ。2002（平成14）年「ハミザベス」ですばる文学賞を受賞。著書に『ハミザベス』『お縫い子テルミー』『オテル モル』『マルコの夢』『蟋蟀』『コトリトマラズ』『卵町』など。

本文デザイン
ゴトウヒロシ（ハイ制作室）＋椋本完二郎

写真提供
田沼武能：p.7 左上、p.17
長崎市遠藤周作文学館：p.6 － p.7、p.16
※表記のないものは新潮社写真部

本書は文庫オリジナル作品です。

長崎市遠藤周作文学館のご案内

遠藤周作文学館が立地する長崎市外海地区は、キリシタンの里としても知られており、遠藤文学の原点と目される小説『沈黙』の舞台となった場所でもあります。

この縁により、遠藤周作の没後、手元に残された約3万点にも及ぶ遺品・生原稿・蔵書等をご遺族から寄贈・寄託いただき、平成12年5月に「外海町立遠藤周作文学館」として開館しました。その後、平成17年1月の市町合併により「長崎市遠藤周作文学館」と名称を変更しています。

当文学館は、これら貴重な資料を展示するとともに、遠藤文学に関わる収蔵資料の調査研究を行い、情報発信に努めています。

利用案内

所在地　〒851-2327　長崎県長崎市東出津町77番地
電話　0959-37-6011
開館時間　9:00～17:00（入館受付16:30まで）
休館日　12月29日から1月3日まで
観覧料　一般360円（団体260円）／小・中・高校生200円（団体100円）
※団体料金となるのは10名以上の場合です。

交通案内

◉長崎バス「長崎新地ターミナル」発「長崎駅前」経由「桜の里ターミナル（大瀬戸・板の浦）」行きに乗車。「桜の里ターミナル」で、さいかい交通「大瀬戸・板の浦」行きに乗り換え、「道の駅（文学館入口）」下車（「長崎駅前」から約75分）。

◉さいかい交通「長崎新地ターミナル」発「大瀬戸・板の浦」行きにて「道の駅（文学館入口）」まで乗り換えなし（「長崎駅前」から約60分）。

◉JR長崎駅前から滑石、畝刈経由、国道202号で40分。

◉長崎空港から。西九州自動車道「多良見インター」から長崎バイパス・川平有料道路を経由し、長崎臨港道路から畝刈を通って、国道202号で80分。

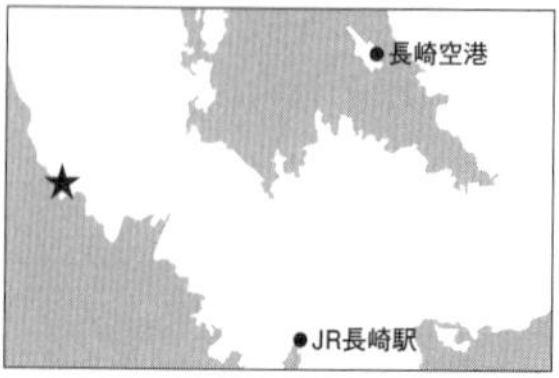

長崎市遠藤周作文学館　http://www.city.nagasaki.lg.jp/endou/

遠藤周作著
白い人・黄色い人
芥川賞受賞

ナチ拷問に焦点をあて、存在の根源に神を求める意志の必然性を探る「白い人」、神をもたない日本人の精神的悲惨を追う「黄色い人」。

遠藤周作著
海と毒薬
毎日出版文化賞・新潮社文学賞受賞

何が彼らをこのような残虐行為に駆りたてたのか？　終戦時の大学病院の生体解剖事件を小説化し、日本人の罪悪感を追求した問題作。

遠藤周作著
沈黙
谷崎潤一郎賞受賞

殉教を遂げるキリシタン信徒と棄教を迫られるポルトガル司祭。神の存在、背教の心理、東洋と西洋の思想的断絶等を追求した問題作。

遠藤周作著
イエスの生涯
国際ダグ・ハマーショルド賞受賞

青年大工イエスはなぜ十字架上で殺されなければならなかったのか――。あらゆる「イエス伝」をふまえて、その〈生〉の真実を刻む。

遠藤周作著
キリストの誕生
読売文学賞受賞

十字架上で無力に死んだイエスは死後〝救い主〟と呼ばれ始める……。残された人々の心の痕跡を探り、人間の魂の深奥のドラマを描く。

遠藤周作著
死海のほとり

信仰につまずき、キリストを棄てようとした男――彼は真実のイエスを求め、死海のほとりにその足跡を追う。愛と信仰の原点を探る。

文豪(ぶんごう)ナビ 遠藤周作(えんどうしゅうさく)

新潮文庫　え－1－0

令和五年三月一日発行

編者　新潮文庫(しんちょうぶんこ)

発行者　佐藤隆信

発行所　株式会社新潮社

郵便番号　一六二―八七一一
東京都新宿区矢来町七一
電話 編集部(〇三)三二六六―五四四〇
読者係(〇三)三二六六―五一一一
https://www.shinchosha.co.jp

価格はカバーに表示してあります。

乱丁・落丁本は、ご面倒ですが小社読者係宛ご送付ください。送料小社負担にてお取替えいたします。

印刷・錦明印刷株式会社　製本・錦明印刷株式会社

ISBN978-4-10-112300-4 C0195